龍
B.c.N.y. 繪
少女天師
The Slayer

少女天師

The Slayer

第1章・認親大會

1

C大學體育館內。

一百多位學生聚集在這裡，讓整座體育館顯得非常熱鬧，每個人都對接下來的活動感到既緊張又興奮。

林亞嵐身在其中，但是卻有點茫然不知所措，完全沒有辦法跟其他人一樣，單純期待著待會的活動，因為一件倒楣的事情降臨在她的身上，讓她不知道該如何在這人海之中，完成這項不可能的任務。

這件倒楣的事情，得回溯到今天中午下課的時候。

中午的那堂課是班導的課，上完課正準備要去覓食的時候，林亞嵐被班導叫住。

「那個同學，」剛開學還不到一個禮拜，班導很顯然還記不住班上同學的名字，只是朝林亞嵐揮揮手，示意要她過來：「因為我們後天的班會才會選班級幹部，現在還沒有班代，所以我只好先拜託妳幫忙一下，剛剛上課發的那張調查表，麻煩妳下午的時候幫老師收一下，然後在今天放學之前交給我。不用完全收齊沒關係，只要收回大部分的回函就可以了。」

林亞嵐還沒反應過來，班導便接著說：「我知道你們下午沒有必修課，不過系學會那邊有個活動，妳趁那個時候收就可以了。對了，妳叫什麼名字？」

「林……林亞嵐。」林亞嵐愣愣地回答。

沒有給林亞嵐拒絕的機會，班導交代完之後，拍了拍林亞嵐的肩膀，轉身便離開教室。

就這樣，林亞嵐接到了一個對她來說既倒楣又困難的任務——在完全不熟識班上同學的情況之下，負責幫導師收取調查表回函。

身處在人群之中，林亞嵐一整個茫然，在她看來這裡所有人的臉孔幾乎都是差不多陌生，誰是同班同學，誰是隔壁班同學，甚至連誰是學長姊她都認不出來。

這是想當然耳的事情，畢竟開學還不到一個禮拜，雖然開學第一天有做過全班自我介紹，但是光憑那麼一輪每人三十秒不到的自我介紹，林亞嵐根本不可能記住每個人，就連印象都很淡。

看了看四周，體育館東側的地方，有一個高起的講台，而此刻在講台上，擺著一個大箱子，在箱子上方，則有著一張紅色布條，上面寫著「中文系認親大會」，這也是眾人集中在這裡的原因。

這個按理來說應該是一屆辦過一屆的活動，類似的布條也應該是一直延續使用下去，可是那布條怎麼看都像是全新沒有使用過的。

當然林亞嵐可以跑到台上，直接跟站在上面應該是學長姊的人溝通一下，請他們讓她對全體同學講話，要在場跟她同班的人，都把回函交給她就可以了。

偏偏，林亞嵐是個容易害羞怯場的人，在全班面前講話都能讓她羞到臉紅結巴了，更何況眼前有全中文系一年級與二年級，兩個組別共四個班級的學生，再加上還有少部分三年級學長姊也在場，這樣的場面要她站出去，她絕對做不到。

可是除了這個方法之外，林亞嵐還真是想不到其他可以快速確實收回回函的辦法。

如果不這麼做，到頭來還是只能一個一個問「你是不是一年級文藝創作組的同學啊」，然後問遍所有人就只為了收回函。

光是想像自己一個個這樣丟臉的問，就已經讓林亞嵐有點想哭了。

「林亞嵐同學，」一個聲音從後面傳來：「妳還好吧？」

林亞嵐轉過身，一個女同學就站在她的後面。

對於這個女同學，林亞嵐很有印象，她有著一張俏麗的臉龐，一雙炯炯有神的大眼睛，是個非常漂亮的美人胚子，第一眼看到她的時候，林亞嵐就有種看到明星的感覺，因此對她特別有印象。

可是……林亞嵐卻想不起她的名字。

記憶力這種東西有時候很奇妙，對林亞嵐來說，她可以非常輕鬆地記住近二十年，幾乎所有在台灣可以看得到的恐怖片片名與內容，但是高中讀了三年，一直到畢業她都還沒記住所有同學的名字，很多同學她根本只知道綽號而已。

面對這位宛如明星的女同學，林亞嵐雖然確定她跟自己同班，但是卻完全不記得她叫什麼名字。

如此亮眼的人記得了她的名字，然而自己卻不記得對方的名字，林亞嵐內心尷尬至極，但是臉上仍然故作鎮定，點了點頭，向女同學打了聲招呼。

「妳沒事吧？」女同學一臉擔心地說：「看妳臉色不是很好，怎麼了嗎？」

林亞嵐將導師交付給她的工作告訴了女同學，女同學聽完之後，鬆了一口氣似的笑了笑。

「剛剛看妳的臉色，還以為發生什麼大事。」女同學笑著說：「原來是這麼一回事。」

林亞嵐聽到女同學這麼說，心中有點不快，事不關己當然是小事，這是什麼幸災樂禍的心情啊？

就在林亞嵐這麼想的同時，想不到女同學接著說：「來吧，我幫妳。」

幫我？怎麼幫？上台去宣布嗎？如果是這樣的話……

林亞嵐的疑問還沒說出口，只見女同學用下巴比了比林亞嵐的後方說：「那邊有兩個，我記得叫做徐士瑋跟游柏成，我們先收他們的。」

林亞嵐遲疑了一會，然後才靠過去，喊了兩人名字，果然見到兩人轉過身來。

「你們是乙班的同學吧？」林亞嵐對兩人說：「班導要我跟你們收早上發的調查表回

函。」

兩人愣了一會之後，才從一旁的袋子裡面拿出了回函交給林亞嵐。

順利回收完兩個同學的，林亞嵐還來不及反應過來，那女同學又找到了幾個同學，一樣如數家珍般地講出他們的名字，就好像已經跟那些人當了好幾年的老同學一樣。

林亞嵐就這樣照著女同學的指示，找到了班上一個又一個的同學，每當林亞嵐靠過去，叫出同學們的名字時，被林亞嵐叫到的人，或多或少都會有點訝異，畢竟現在才開學不到一個禮拜，全班不過一起上過三、四堂必修課而已，竟然有人這麼快就記住自己的名字跟長相，這多少都會讓人感到有點開心又有點驚訝。

然而，在場之中最驚訝的人，當然是林亞嵐，因為她非常清楚這些人的名字與長相並不是自己記住的，而是那個厲害的女同學啊。

隨著收到的回函數越來越多，林亞嵐也越來越驚訝。

這女同學到底是怎麼回事啊？

該不會開學不到一個禮拜，這女同學就記住所有同學的名字了吧？

而且，有些竟然連他們就讀的高中都記得，這女同學是怪物吧？

就這樣在女同學的協助之下，林亞嵐絲毫沒有錯認過人，轉眼之間，順利收回了三十幾張回函，只差不到十張就可以收齊了。

問題是……到現在為止，她還是不知道這個女同學到底叫什麼名字。

「應該差不多就這些人了，」在經過了一段時間的搜尋之後，女同學側著頭說：「其他的可能沒來吧。」

女同學轉過來看著林亞嵐，微笑著說：「那些回函應該夠多了，班導不是說，收到大部分的就可以了嗎？」

林亞嵐點了點頭，沉吟了一會說：「那個……非常感謝妳的幫忙，如果沒有妳，我可能真的很難完成這個工作。」

女同學笑著搖搖頭示意不需要客氣，但是林亞嵐總覺得人家幫助自己那麼多，自己卻連她叫什麼名字都不知道，良心實在是過意不去，可是眼下如果開口問的話，又有點尷尬。

就在林亞嵐還在掙扎要不要問清楚女同學的名字時，現場突然騷動了起來。

原來活動主持人這時上了台，宣布這場認親大會開始。

這將林亞嵐拉回了現實，她幾乎都快忘了，大夥聚在這裡就是為了接下來的活動。

「各位同學，我看人差不多都已經到了，」台上擔任主持人，應該是大二或大三的學姊，對著台下的眾人說：「那麼我們現在就開始認親大會。規則很簡單，有沒有看到前面那個像是摸彩箱的箱子？裡面有你們各位大一學弟妹的學號和姓名，等等會由大二的學長姊進行抽籤，被抽到的人就是他們的直屬學弟妹。這樣大家聽得懂嗎？」

「懂！」台下的學弟妹們捧場地答道，雖然聲音有點零落，但總算是給了主持人回應，不至於冷場。

於是，在主持人的主持之下，一場認親大會就這樣展開。

抽完籤的學長姊，在台上報出學弟妹的學號與姓名，台下的學弟妹在聽到自己的學號與姓名後舉手相認，如此一來就算是完成了認親。

聽到台上的學長姊開始叫名字，讓林亞嵐想到自己有辦法不需要尷尬地開口問，也可以知道身旁這位幫助自己的好心同學叫什麼名字了。

只要等到學長姊抽到她，一切就搞定了。知道她的名字之後，自己就可以好好跟她道謝，並且這一次，她絕對不會再忘記這個女同學的名字了。

帶著這樣的心思，林亞嵐靜靜地看著這場認親大會，並且期待自己以及身旁這位女同學的名字出現。

整場認親大會還算順利，進程也算流暢，幾個比較亮麗的學妹，也立刻成為了一旁幾個學長低頭討論的對象。對這些學長來說，能夠手氣好一點抽到個漂亮的學妹，至少有機會可以印證那句「近水樓台先得月」的成功率。

除此之外，也沒什麼可以特別著墨的地方，這場認親大會就這樣順利地進行下去。

當然抽籤的結果，呈現幾家歡樂幾家愁的情況，不過整體來說並沒有多熱烈的反應，畢竟大家彼此都不熟悉，而且不管是大一新鮮人或大二學長姊，都有人缺席沒到場，代抽或抽出時沒人舉手認親，多少都會讓場子變得有點冷，因此也不可能像演舞台劇一樣有什麼高低起伏，頂多就是哪個幸運兒抽到漂亮學妹或帥氣學弟時，其他學長姊之間會開玩笑似的發出一點不懷好意的聲音。

一切就這麼看似無所謂地持續進行下去，一直到那個男人現身為止。

就在認親大會差不多進行到一半的時候，在場已經有不少人完成了認親，體育館內到處可以看到聚集在一起的家族，正生澀地拉近彼此的距離。

就在這個時候，體育館前門被人打了開來，一個身影走了進來。

進來的人是一個男子，身形雖然不算高大，但是卻有著一張俊俏的臉龐，因此一現身立刻吸引了眾人的目光，讓現場陷入一陣騷動。

男子體態均勻，玉樹臨風，臉上還掛著一個有如陽光般的燦爛笑容。

就連有些大一新生都在還沒有進入這間學校之前，就已經看過這個男人了。

至於其他不清楚這名男子的同學，也可以從現場騷動了解到這男子似乎大有來頭。

男子走到主持人身邊，低頭跟主持人交談。

體育館隨處都可以聽到有學長姊在為自己還搞不清楚狀況的學弟妹介紹這名男子。

「那位學長叫做詹祐儒，」林亞嵐聽到旁邊一個學姊這麼告訴自己的直屬學妹：「是我們目前的系學會會長，當然也是我們中文系……不，應該說是我們學校最有名的風雲人物。他曾經上過幾個知名的電視節目，所以你們之中可能有人曾經在電視上看過他。」

光是這些簡單的介紹，已經讓幾個學妹的臉上出現了讚嘆的表情。

「不過除了這些光鮮亮麗的外表之外，他還曾經出過書。並且在去年的時候，率領系學會向學校爭取許多權利，讓中文系的系學會有了前所未有的發展。」

有了這些琳瑯滿目的功勳，加上那張不需要介紹就已經一目了然的俊俏臉龐，幾乎讓所有在場的學妹們立刻為之醉心，這點林亞嵐可以清楚地從女同學們的臉上看到。

那些還沒有被抽中的學妹，無不希望自己可以成為他的直屬學妹，得到他關愛的眼神。

至於那些已經被抽中的學妹，則完全不顧自己的學長姊就在身邊，遺憾至極的表情毫不留情地浮現在臉上。

所有在場的大一學妹，不約而同地浮現出類似的想法：如果能成為詹祐儒的學妹，那就真的太好了。

不過只是在那邊跟主持人交談，就讓眾多學妹感覺到這位學長非凡的氣息，那舉手投足更可以說是充滿了明星的架式，這也使得那些已經傾心的學妹們，更是看得如癡如醉。

只見詹祐儒點了點頭之後，轉身走向那個放在中間的大箱子。

「大家好，」詹祐儒對著台下的眾人說：「我叫詹祐儒，是你們的系學會會長，目前是大二文藝創作組的學生。」

光是這簡單到幾乎可以稱為陽春的自我介紹，已經讓下面的女性同學們難以自已，幾個自制能力比較差的女同學，甚至不由自主地從喉頭發出宛如動物看到獵物般的低微吼聲，很勉強才控制住自己不至於發出尖叫。

對於台下的騷動，詹祐儒似乎非常習以為常，沒有半點驚訝的神情，反而是一派輕鬆，帶點瀟灑地維持著臉上的微笑。

「現在，」詹祐儒接著說：「我要抽出我的直屬學弟妹。」

這句話讓全場瞬間陷入一片死寂，甚至連呼吸聲都聽不到。

所有人都屏住氣息，看著詹祐儒緩緩地將自己的手伸入大箱子之中。

大學這四年，到底是天堂還是地獄，就看這一抽了。

那些還沒有被抽中的學妹們，一一在心中禱告著，希望等等詹祐儒手上的紙條，寫的是自己的學號與姓名。幾個學妹更是大剌剌地低頭，雙手握拳，緊閉著雙眼，用盡心力去祈禱好運可以降臨在自己身上。

就在這萬眾矚目的情況之下，詹祐儒從箱子裡面抽出自己的手，手中握著一張白色的紙條。

究竟是哪個幸運兒的名字被記載在那張字條上，可以確保自己接下來的幾年，得到這個跟明星沒什麼兩樣的學長關愛，答案即將揭曉。

在所有人引頸期盼之下，詹祐儒打開了字條，看了看字條上面記載的名字。

「我的直屬是……」詹祐儒看著紙條宣布：「……葉、曉、潔。」

對絕大部分的人來說，結果就好像電視上每一期開出來的彩券號碼一樣，那個幸運兒永遠不是自己，所有人的臉上頓時都浮現出極為失落的表情。

不過那只有很短的一瞬間，轉眼間那一張張失落的表情，瞬間轉為忌妒與羨慕的神情。

「曉潔，」詹祐儒臉上掛著甜美的笑容對著群眾呼喊道：「妳在哪裡？」

詹祐儒的這番親密稱呼，更讓所有人不自覺地在心中咒罵起這個名為曉潔的女孩。

過了一會之後，一隻手在人群之中緩緩地舉了起來。

林亞嵐轉過頭去，這個葉曉潔不是別人，正是幫助自己回收回函的那個女同學。

所有人也跟著詹祐儒的目光一起，瞬間集中在那隻手的主人身上。

就連原本站在那隻手主人身邊的同學，也非常識相地同時移開身體。

全場的目光就彷彿聚光燈一樣，同時打在那隻手的主人身上。

在這目光焦點之中，葉曉潔很明顯地感覺到有點不悅，輕輕地嘖了一聲。

對於這樣無緣無故成為眾人的焦點，感到不悅的她，也有一張完全不遜色於自己直屬學長的美麗臉龐，讓現場也有些學長發出了讚嘆的聲音。

不過，這只侷限於那些學長，在她身上聚集的是更多來自於同儕與學姊們忌妒與敵意的眼光。

就這樣，兩人在這場命運的交會點中，成為了直屬的學長與學妹。

只是兩人作夢也沒有想到的是，這場交會，將會在彼此的生命中，留下永遠無法抹滅的痕跡。

一扇通往未知世界的大門，就這樣在一片讚嘆與惋惜聲中打了開來。

2

林亞嵐並不了解，為什麼被這樣的學長抽到，葉曉潔會有那樣的臉色。對在場的所有女同學來說，能夠有詹祐儒這樣英俊瀟灑、光芒四射的學長，應該是夢寐以求的事情，但是對曉潔來說，這一點也不能算是好消息，因此在當下曉潔的臉色顯得有點難看。

會有這樣的反應，對於了解葉曉潔的人來說，可能一點也不會覺得意外。畢竟曉潔會變成現在這樣，也有她自己的過去與原因。

原本，曉潔也跟其他高中女生一樣，過著堪稱是幸福的日子。雖然雙親因為工作的緣故，經常待在海外，讓曉潔不得不習慣自己一個人獨立生活，不過對於這狀況，曉潔不但不覺得不幸，反而比起其他同年齡的同學來說，有著更多的自由。

對曉潔來說，高二以前的生活，絕對可以稱得上幸福與自由自在。樂觀開朗的曉潔，在自己所就讀的高中之中，也絕對可以稱得上是個風雲人物。成績好，各方面又活躍，加上亮眼的外表與陽光的性格，這些都是曉潔受到其他同儕歡迎的主因。

然而這平凡又幸福的生活，卻在高二的那一年，有了巨大的轉變。

一場堪稱毀滅性的災難，降臨在她以及她當時所就讀的班級同學身上。

這場災難，不但帶走了許多人的性命，也徹底改變了許多人的人生，曉潔也是其中之一。

而這場帶給那麼多人痛苦與改變的災難，卻不是什麼天災，而是一場人禍，一場由許多人共同策劃而成的陰謀。

要說到這場災難，就必須提到一個道士的門派——鍾馗派。

會有這樣的名稱，完全是因為這個門派賴以維持的命脈，便是由千年以前的鍾馗所傳承下來的口訣，這些口訣包含了鍾馗降妖伏魔的所有方法與訣竅。

然而，為了防止這樣的口訣被後人濫用，因此鍾馗祖師在傳承口訣的同時，立下了一個門規，就是這些口訣僅能以口耳相傳，不得以任何形式記錄下來。

正是因為這個門規的關係，導致後來口訣有所缺漏，整個門派的聲望也因此一落千丈。

就在鍾馗派一蹶不振之際，一個偉大的道長誕生了。

這位道長曾經是這個門派最重要的人物，他的逝世也為該門派帶來了不小的衝擊。

原本眾人還寄望著道長重振該門派的聲威，想不到他卻離開人世，而他的唯一弟子，卻完全沒有意願去繼承他師父的遺志。

一切似乎都到此畫下句點，但是事情卻沒有因此落幕。

一個江湖的傳言，謠傳這個偉大的道長生前，曾經讓缺漏已久的口訣復活，並且將完整的口訣傳給他的弟子。

對這個門派的所有人來說，口訣代表了一切，因此他們決定不顧一切逼迫這個弟子交出口訣。

這個弟子的名字叫做洪旻吉，是一所女子高中的老師，也正是葉曉潔等人高二的班導。就因為這樣的連結，導致曉潔與她們班上的同學，也被捲入了這場風波之中。她們成為了這場戰爭之中，最無辜的受害者，更成了那些人為了逼迫阿吉就範所使用的人質。

高二上一整個學期，曉潔與她們班上的同學，接二連三發生了許多不可解的事件，而這一切都在一場壯烈的戰鬥之後，畫上了句點。

最後那個門派與阿吉同歸於盡，曉潔意外成為了這個門派僅存的唯一一個門徒，而她也從阿吉口中，傳承了這個流傳超過千年的口訣。

因此，一個難以想像的重擔，也降臨在曉潔的身上。

為了不讓眾人的犧牲白費，她決定承擔起這樣的責任，在未來的日子裡面，竭盡自己所能找到一個可以信賴的人，將鍾馗祖師的口訣傳承下去。

也因為這個緣故，曉潔發現自己不能再像過去一樣，那麼任性自由地活著。

過去的她活得太過自由，努力去追求一切自己想要的，伴隨而來的就是眾人的目光，成為眾人的焦點，就跟鍾馗派門徒眼中的阿吉一樣。

這樣高調的生活，就好像站在舞台上的舞者一樣，永遠不可能細細觀察到底下每個觀眾，所以她知道自己勢必要改變這一點，才能靜靜地隱身在人群之中，觀察到每一個細節，從中找到一個值得信賴的人。

所以絕對低調，成了曉潔上大學之後的座右銘。

而這樣的想法，卻在進入大學不到一個禮拜的時間，就被一個高調到不管到哪裡都會吸引所有人目光的學長給破壞了。

不過，就算有了這樣亮眼的學長，曉潔還是安慰著自己。

沒關係，高調的是直屬學長不是她，她還是可以照著自己原訂的計畫，繼續低調過自己的日子。

至少，在走出體育館的時候，曉潔真的天真地這麼想。

3

就在詹祐儒叫出葉曉潔的名字時，幾乎所有人的目光都集中在葉曉潔身上。

雖然只有一瞬間，但是那瞬間垮下來的美麗臉龐，透露出一個很明確的訊息。那就是這個叫做葉曉潔的學妹，被詹祐儒抽到並沒有特別開心，反而有點嫌棄。

那表情不只有在一旁的林亞嵐看到，其他也有一些人注意到了，其中一個就是站在台上，堆滿溫柔笑臉的詹祐儒。

這完全超出了詹祐儒的想像。

關於認親大會，詹祐儒曾經想像過，他站在台上宣布自己直屬學妹時，底下會是怎麼樣的景象，但是詹祐儒作夢也想不到，被抽出來的葉曉潔會是這樣的反應。

對於其他人來說，這場認親大會是純屬機率的結果，什麼人會抽到什麼樣的學弟妹，完全是機率問題，但是總有些例外的人。

詹祐儒身為系學會會長，又擁有其他系學會幹部們的絕對信任，更是這場活動的主辦人，因此他早在製作籤條的同時，就已經看過所有學弟妹的照片與資料。

不只有詹祐儒，就連詹祐儒身邊幾個擔任主要幹部的死黨們也是如此，他們的學弟妹根本就不是用抽的，而是早就握在他們每個人自己的手上，然後上台做做樣子，將手伸入箱子裡面之後，煞有其事地拿出自己早就選定好的學妹。

「就是她吧。」

在比較了幾個學妹的資料之後，詹祐儒終於決定那個幸運兒時，其他幾個男性幹部也發出了驚嘆的聲音。

當然，這像選妃一樣被挑中的學妹，正是第二天下午在體育館裡被「抽出來」的葉曉潔。

會選出曉潔，主要當然是因為她有著亮麗的外表，另外就是曉潔曾經就讀的J女中也是加分的要素，因為詹祐儒先入為主的認為，就讀女中的女生，高中生活可能比較單純。

除了曉潔之外，幾個幹部也挑選了自己屬意的亮眼學妹當作自己的直屬學妹，在這些被特意挑選出來的學妹裡面，還有一個正是林亞嵐。

雖然不像曉潔一樣擁有一張亮眼又俏麗的臉龐，但是林亞嵐有著甜美的笑容，以及在臉頰兩側深刻的酒窩，讓她很快就吸引了其中一個學長的目光。

挑選林亞嵐的學長叫做蔡孟斌，是詹祐儒最好的死黨，兩人幾乎到哪裡都形影不離。

在選出了曉潔成為自己的學妹之後，詹祐儒有如丈母娘看女婿，真的是越看越滿意，因此也對於這場認親大會越來越期待。

在詹祐儒的腦海之中，他期待著當他宣布自己的學妹就是葉曉潔時，在葉曉潔臉上浮現的會是幸福的笑容。

然後，就像童話故事一樣，王子與公主注定從此過著幸福快樂的日子。

至少，在這大學剩下的三年會是這樣度過。

可是這一切的幻想與妄想，就在詹祐儒宣布自己學妹姓名的同時，徹徹底底的幻滅了。

即便只是一瞬間的垮下臉，也足以將詹祐儒的幻想予以毀滅。

雖然詹祐儒沒有明顯表達出自己的不滿，但是跟在詹祐儒身邊的兩個跟班，怎麼可能不了解自己老大的心情。

「別在意啦，老大！」跟班一號的蔡孟斌安慰著詹祐儒說：「我看她是太過驚喜了，才會表現得好像有點愣住。」

「對啊，」跟班二號洪泰誠在一旁附和道：「美女毛都很多，像這種就叫做欲擒故縱，完全是手段來的。」

「是嗎？」詹祐儒不以為然地挑眉回道。

「當然是啊，」蔡孟斌說：「她們女人花招很多啦，裝得好像很討厭或不在乎，其實心裡樂得很咧，好像是說什麼太容易讓你到手會不珍惜之類的，手段超多。」

兩人七嘴八舌地扯著，的確也讓身為老大的詹祐儒感覺顏面挽回了不少。

不過，到頭來心裡還是不暢快。

兩人似乎也意識到了這點，於是話鋒一轉，立刻開始討論起要給這個學妹一點點教訓，讓她知道對待有些男人不應該這樣耍心機。

「我想到一個好辦法。」洪泰誠得意地笑著說：「今天晚上我們不是有迎新晚會的活動嗎？」

聽到洪泰誠這麼說，詹祐儒還沒會意過來，但是一旁的蔡孟斌嘴角已經浮現出不懷好意的笑容。

「沒錯！」蔡孟斌點著頭，望向詹祐儒，但是詹祐儒還是沒聽懂，於是蔡孟斌接著說：「老大，試膽大會啊！」

被蔡孟斌這麼一提醒，詹祐儒才想到，的確今晚的迎新晚會，有這麼一個活動，就是時下最流行的試膽大會。

「看著好了，」洪泰誠一臉得意地說：「我去跟其他人說，要他們今晚特別照顧一下她。我保證絕對可以把她嚇到死命抓著你的手不放，抓到你的手都黑青。看她還多能裝？」

聽到洪泰誠這麼說，詹祐儒臉上終於浮現出久違的微笑，此時此刻，他彷彿已經看到了那個高傲的學妹，臉上露出驚慌失措的表情。

過去這一年的風光，讓詹祐儒有如偶像一般，不管在校園的各個角落，只要有他的出現就會充滿光彩，甚至出現尖叫聲，所有女孩無不希望可以想盡辦法靠近他，倒貼的女生更是多到數不清，但這直屬學妹看自己的眼光，卻完全不一樣。

她要為此付出代價，讓她知道高傲的代價。

詹祐儒的內心這麼想著。

這一切，都起源於曉潔一個不經意的臉色，當然就連曉潔也不可能會知道，自己一個不經意的臉色，意外捲起了一場永遠無法想像的風暴。而這樣的風暴，也將徹底改變自己以及詹祐儒等人的一生。

4

一年一度的迎新晚會，在詹祐儒的帶領之下，系學會的各個幹部分工合作，搞得盛大又豪華，在認親大會結束後的隔天晚上隆重登場。

地點就在C大學附近的山間民宿，這裡還有一座遠近馳名的小湖，除了風景宜人之外，還有廣大的空地可以舉辦各種團康活動，是個舉辦迎新晚會非常完美的地點。

眾人在各家學長姊的帶領之下，分組進行烤肉等活動。

曉潔與亞嵐也有參加，她們倆人被分在同一組，不過這倒不算是什麼巧合，同一組成員的學長姊，幾乎都是系學會的幹部，這樣分在一組，主要也是讓幹部們可以方便一邊進行活動，一邊互相照應照顧落單的學弟妹。

對林亞嵐來說，可以跟曉潔一組是件非常快樂的事情。

經過了前一天下午的經驗之後，她對曉潔的好感度與興趣，可以說是全班最高。

林亞嵐對葉曉潔的印象，基本上不外乎人美心地又好，尤其是當兩人靠在一起烤肉，東南西北瞎聊了好一陣子之後，更讓林亞嵐對這個同學產生了莫大的興趣。

對曉潔來說，雖然不像林亞嵐這麼興致高漲，但是對於身邊多了一個可以陪伴自己度過這段烤肉時光的人，也不覺得有什麼不好。

尤其是那個高調的學長，因為活動的關係鮮少出現在身邊，讓曉潔更是樂於被分在這一組。

除了林亞嵐之外，同一組的還有另外三個同學，曉潔早就注意到了。這三個同學清一色都是女孩子，而且還有一個讓人介意的特徵，那就是這三個女同學的外貌也都非常出色。

這樣的巧合讓曉潔有種似曾相識的感覺，因為過去她們班上就有這樣的情況，成績高低差異迴然，唯獨長相都很出眾。

而會有這樣的「巧合」，當然是那個擔任導師的好色阿吉，早在高一的時候，就已經挑選好所有的學生，將這些長相出眾的女學生們聚集在同一個班級的緣故。

現在在自己的眼前又是這樣的景象，讓曉潔不禁苦笑搖了搖頭。

「怎麼啦？」坐在旁邊的亞嵐，看到曉潔苦笑搖頭的模樣，不禁問道。

「看樣子，」曉潔淡淡地笑著回答：「那場認親大會，有人作弊作得很嚴重啊。」

「喔？」亞嵐瞪大雙眼問：「妳怎麼知道？」

「妳看看我們這組，」曉潔用下巴比了比其他人說：「有沒有什麼共通點？」

聽到曉潔這麼說，亞嵐看了看其他人，過了一會之後皺著眉頭說：「除了都是女生之外，我看不出我們有什麼共通的地方。」

曉潔聽了微微一笑說：「那我就沒辦法解釋囉。」

畢竟這種只能意會而不能言明的東西，如果亞嵐沒辦法看出來，曉潔也不太方便解釋，還好亞嵐沒有打破砂鍋問到底，這倒是讓曉潔發現了亞嵐的優點。

一直到現在為止，亞嵐都一直展現出隨遇而安的態度，即便是被班導突然抓住負責收回函，亞嵐也沒有半句抱怨。遇到曉潔這種話講一半的，亞嵐也沒有追問下去。

這樣的人格特質，讓人感覺非常舒服，至少在她身邊沒有什麼太大的壓力。

這點讓曉潔很慶幸，自己在大學可以遇到這麼隨和的一個人。

當曉潔跟亞嵐在火堆旁邊聊天的時候，遠處有一群人就這麼看著兩人，這一群人正是以詹祐儒為首的系學會幹部。

「等等我們這組就是我跟孟斌還有阿泰，」詹祐儒對其中一個叫做陳登翰的幹部說：「由我們帶頭先出發，你在第一關的時候，就讓我們去那一條路線，然後等其他人過來的時候，你再讓他們走一般的路線。」

「這樣……好嗎？」陳登翰皺著眉頭說：「我們不是決定不要去走那條路線嗎？」

陳登翰會有這樣的反應非常正常，因為當初在規劃路線的時候，就已經有討論過詹祐儒打算走的那條路，一來因為比較偏僻、路也比較不平，二來是關於這條路線，曾經有過許多繪聲繪影的傳聞，加上中間還會經過一處墳墓，所以在經過討論之後，決定由現在的路線取代那條路線。想不到在臨行前，詹祐儒卻告訴他其中有一隊要走那條路線，讓陳登翰一時有點猶豫。

「放心，」詹祐儒拍了拍陳登翰的肩膀說：「我都已經安排好了，只是因為你是第一關的關主，要告訴我們前往下一關的方向，到時候你就把我們指引到那條路線就可以了。」

陳登翰雖然還是很猶豫，但畢竟詹祐儒是系學會會長，加上又是眾望所歸，他決定的事情，光憑陳登翰一個人也不可能改變得了。

在烤肉堆旁邊，對於即將被改變路線還渾然不知的曉潔與亞嵐，此刻仍然開心地聊著天。

「如果我們身處在恐怖片裡面，」亞嵐笑著對曉潔說：「妳一定是可以活到最後的女主角。」

「啊？」曉潔一臉訝異地說：「這是打哪冒出來的評語啊？」

「我是說真的，」亞嵐拍了拍曉潔說：「我哥常說我一定是第一個領便當的角色，如果是他導演的恐怖片，我一定很快就被做掉了，但是我覺得妳一定可以活到最後。」

「還好妳哥不是導演。」曉潔笑著搖頭說：「他是做什麼的？」

「雖然不是導演，」亞嵐側著頭說：「不過也差不多了，他是寫恐怖小說的。我會那麼愛看恐怖片，多半是被他影響的。會想要來念中文系，應該也是這樣。」

「妳很愛看恐怖片嗎？」

「當然啊！」亞嵐一整個來勁的模樣說道：「不只恐怖片，就連恐怖小說或漫畫，甚至連電動只要是恐怖的我都喜歡，超愛！妳呢？妳喜歡恐怖片嗎？」

「沒有特別喜歡……。」曉潔先是聳聳肩搖搖頭，然後過了一會之後接著說：「現在應該不喜歡吧。」

「為什麼不喜歡？」亞嵐瞪大雙眼，一臉難以置信地盯著曉潔。

曉潔看著火堆，饒富意味地苦笑著說：「因為……當妳的生活，活生生就是一部恐怖片的時候，妳就不會想看恐怖片了。」

亞嵐先是一愣，然後瞪大雙眼看著曉潔說：「妳說的話……好深奧喔。」

「啊？」曉潔一臉訝異，也是同樣瞪大雙眼看著亞嵐，兩人就這樣四目相對了一會之後，同時笑了出來。

當然亞嵐絕對想不到的是，她很快就有機會了解這句話真正的意思了。

5

當自己的直屬學長詹祐儒，在台上一臉得意地宣布迎新晚會的最後一個活動，將會是大家熟悉的試膽大會時，曉潔的臉色可以說是臭到不能再臭了。

什麼不好玩，要玩這個？

這對任何一個曾經撞過鬼或卡到陰的人來說，都絕對不是一個「遊戲」。

都已經讀大學了耶！想不到竟然還有這種幼稚的遊戲？

曉潔難以置信的表情完全寫在臉上，畢竟自從有了高二的那段經歷之後，曉潔對很多事情有了決定性的改變，像是這種試膽大會，就是最好的例子。

在現在的曉潔眼中，這是只有那些運氣很好、八字很重，沒見過真正鬼魂的人，才會想要去玩的愚蠢遊戲。

說到底，如果確定百分之百會有事，還有幾個人敢玩呢？

在宣布完之後，底下有些比較膽小的同學發出了哀號，而其中也不乏有興奮不已的同學。

詹祐儒下台之後，來到了曉潔這邊，然後對曉潔等人說：「我們是第一組出發的隊伍，所以等等曉潔、亞嵐跟姿婷，喔，還有玟琪，妳的學長去擔任關主了，所以妳也跟我們一起。大家準備一下，我們就差不多可以先出發了。」

詹祐儒已經迫不及待想要看到曉潔那張俏麗的臉龐，被嚇到花容失色的恐懼模樣了。

這時，曉潔默默地舉起了手。

「怎麼啦？」詹祐儒笑著問：「曉潔？」

「可以不要參加嗎？」曉潔一臉認真地說。

詹祐儒還沒有回答，一旁的洪泰誠已經一臉恥笑地說：「怎麼？學妹妳會怕啊？」

「是，」曉潔不假思索地說：「很怕。」

「不用怕，」洪泰誠大笑著說：「我們學長都會保護妳的。」

洪泰誠的那種笑，著實讓人看了討厭，怎麼能夠笑成這副德性，就連曉潔都覺得不可思議。洪泰誠此刻的笑容真的就好像電視劇裡面，那些猥褻少女的癡漢才會浮現的表情。而且台詞多半都是那種「妳叫啊，叫破喉嚨也不會有人來救妳」的老梗台詞。

曉潔瞪大雙眼，難以置信地看著這宛如從電視劇裡面走出來的笑容，甚至連生氣的力量都沒有了。

「我不需要你們保護，」曉潔瞪了洪泰誠一眼冷冷地說：「我只是不想去什麼試膽大會。我很了解自己的膽量，不需要特別到荒郊野外去試。」

「切！」洪泰誠一臉不屑地說：「如果妳膽小如鼠的話，那的確是不需要特別去試。」

洪泰誠充滿敵意與不尊重的態度，不只曉潔可以清楚地感覺到，在場所有人都可以輕易地看得出來。

這兩人之間是不是有仇啊？

一旁的亞嵐內心這樣想著。

曉潔板著臉瞪了洪泰誠一眼之後，冷冷地說：「隨便你怎麼說，我就是不想去。」

曉潔回到烤肉時候的位置上，不打算再跟這個打從一開始就對自己不懷好意的學長有任何多餘的交談。

這下子洪泰誠有點不知道該說什麼才好，而在洪泰誠身邊的詹祐儒與蔡孟斌兩人互看了一眼，場面瞬間顯得有點尷尬。

對洪泰誠來說，激將法用過頭反而有了反效果，的確也讓他有點後悔，因為這很可能徹底改變了詹祐儒等人的計畫，而且如果曉潔真的鬧脾氣不願意去，總不能拿刀子逼她上去吧？

詹祐儒與蔡孟斌兩人一時之間也不知道該怎麼辦才好，畢竟刻意改變路線，就是為了要教訓曉潔，如果曉潔不去的話，不就是多此一舉？

雖然另外兩人的學妹，在這樣的精心設計之下，也是多少有點油水可以卡，但重點還是在教訓這個高傲的學妹身上才對啊。

為了改變路線，詹祐儒等人必須是第一組要出發的，沒有多少時間可以耽擱，因此即便是平常腦筋靈活、行動快速的詹祐儒，一時之間拿不出辦法，也只能看著場面僵在這邊。

從頭到尾亞嵐都在曉潔身邊，事發經過當然全都看在眼裡，雖然也覺得學長無理，但是到頭來可能吃虧的還是曉潔，不忍看到曉潔淪為眾矢之的，亞嵐走到曉潔身邊，蹲下來對曉潔說：「一起去吧，有妳在的話我會安心不少。」

「啊？」曉潔一臉訝異。「妳沒聽到他們說的嗎？學長會保護妳的。」

曉潔說到最後忍不住翻了白眼。

曉潔說完轉過來看著亞嵐，亞嵐一臉誠懇的模樣，然後又看了看那三個看起來就好像成語「狼狽為奸」最佳典範的學長，就算曉潔的觀察力再差，也大概猜到到底怎麼一回事了。

說到底，這些做籤的傢伙，一定會在這次的試膽大會特別加碼吧。

尤其是從剛剛那個學長的態度看起來，自己肯定在認親大會的時候惹到那個學長了，所以她們這組的試膽路線八成會多出很多嚇人的戲碼吧？

曉潔隨便想就可以知道這絕對是他們的一石二鳥之計，一方面可以報復自己，另外一方面，他們特別作弊選出這些學妹的用意，絕對不是為了「以禮相待」，路線上加點料肯定可以卡到很多油水。

……不過，曉潔也知道亞嵐那麼愛看恐怖片，一定不想錯過這樣的活動。

如果自己堅持不去，感覺有種自己惹出來的是非，卻讓亞嵐去承擔的感覺。

雖然自己也覺得會惹上這樣的災難很無辜，但曉潔還是不願意這樣對待亞嵐。

「唉，」曉潔重重地嘆了一口氣：「算了，走吧。」

縱使有千百個不願意，曉潔還是放棄了堅持，站起身來。

雖然經過了一場風波，但是事情總算是回歸了正軌。

「那我們就走吧。」不敢再嘴上繼續討便宜，洪泰誠這麼對眾人說。

於是，以詹祐儒為首的隊伍就這樣在眾人的目送之下率先出發，試膽大會正式開始。

看著一片烏漆抹黑的前方，曉潔非常清楚一件事情，那就是自己每天不斷重複背誦那些口訣，絕對不是為了這樣的遊戲，更不應該是為了追尋一點小刺激而輕易犯險。

但是，現在一切都已經來不及了，不管是對曉潔還是對眾人來說，這都將會是一條徹底改變人生命運的道路。

第2章・迎新晚會

1

C大學本身位於北部山區，是座歷史悠久的大學，眾人目前所在的位置與學校有段距離，不過在這高低起伏的山區，還是可以看到大學校區所發出來的燈火。

詹祐儒走在前面，蔡孟斌與洪泰誠兩人跟在後面，另外兩個女生緊緊貼在兩位學長身後，亞嵐則與曉潔一起走在最後面。

轉過一個彎道進入林間小路之後，就連遠處校區的燈光都看不見了，只剩下走在最前面的詹祐儒手上的手電筒可以提供照明。

一路上或許是受到先前爭執的影響，眾人都是一片沉默，靜靜地走著。

樹林裡面不時傳來一些聲響，光就氣氛來說，這條路線本身就算白天一個人來走，也會不時想要回頭看看後面有沒有什麼東西。

不需要什麼關卡，光是這樣的道路就已經讓另外兩個學妹嚇到緊緊靠在一起，可能只要再加點什麼奇怪的聲響，兩人就會不顧一切抱住前面的學長了。

就連曉潔都不得不承認，至少在想要卡油的這個點上，三人也算是做得不錯了。

不過林間小路沒有走太久，眾人很快就穿過森林，回到了一般的細長山路上。在詹祐儒搖曳的燈光照射之下，可以隱約看到遠處有一座類似涼亭的建築。

詹祐儒帶領著眾人朝涼亭的方向走，不過一會工夫，眾人已經到了涼亭旁，這時走在最前面的詹祐儒突然停下了腳步。

打從看到涼亭開始，曉潔就非常清楚，這裡應該就是所謂的關卡吧，因此當詹祐儒一停下腳步，曉潔也立刻繃緊了神經，果然身後先是傳來一陣窸窣聲，接著一個黑影從涼亭後面跳出來，大聲地叫道：「歡迎！」

這樣的戲法就像那些恐怖片之中常用的老梗一樣，可是仍然把其他三個女生嚇到縮成一團，另外兩人紛紛抓住自己前面的學長，而亞嵐則是跳到曉潔身旁，不自覺地抓住了曉潔的手。

「妳不是常看恐怖片嗎？」曉潔笑著問身旁緊抓住自己不放的亞嵐說：「怎麼還會被這樣的手法嚇到？」

「就是會嚇到才刺激、才喜歡看啊。」亞嵐理所當然地回答。

被兩個學妹抓住的洪泰誠與蔡孟斌兩人，臉上不自覺地流露出幸福的模樣，讓曉潔看了真是好氣又好笑。

這突如其來的叫喊，完全沒有嚇到曉潔的原因，當然就是在於太刻意的安排與詹祐儒的破綻，但是詹祐儒卻渾然不自覺，將眾人的反應看在眼裡的他，當然很清楚所有人之中，除了自己的兩個死黨之外，唯一一個沒有半點被嚇到的反應的人就是曉潔，讓他不免大失所望。

這跟他心中所描繪出來的劇本完全不一樣。

不過這還不至於打擊到詹祐儒，畢竟這不過是第一站，接下來將會一站比一站恐怖，他不相信這個高傲的學妹還能高傲多久。

跳出來的關主在嚇完人之後，按照慣例當然就是要講講在這邊發生過的恐怖故事。

「這裡……很邪門的。」關主陳登翰有著一張陰暗的臉孔，在燈光由下往上打的情況之下，更增添幾分恐怖的模樣，加上刻意拉長的音調，讓除了曉潔之外的其他幾個女學生，更是縮成了一團。

只見陳登翰指著涼亭的一個角落說：「你們看，這裡附近明明沒有民宅，可是在涼亭旁邊，還有人在這邊祭拜，由此可知我接下來要說的故事，是百分之百的真實事件。」

眾人順著陳登翰所指的方向看過去，詹祐儒也配合著將自己的手電筒照過去，果然可以在涼亭其中一個角落看到充當成香爐的紙杯，裡面裝滿了香灰，上面還插著三支香，此刻正兀自燃燒著。

另外兩個女同學看到了，不禁叫出聲來，更是緊緊地用胸部貼住了一旁的學長，只見蔡孟斌與洪泰誠兩人再也忍俊不住，臉上露出一臉陶醉的模樣。

然而看著那地板上的紙杯，曉潔忍不住瞪大雙眼，一臉難以置信的模樣。

這是什麼粗製濫造的假東西啊？

這一看就可以知道是假造的，加上香還在燒著，即便是附近的人家也不會在這樣的時間來上香吧？從香燃燒的程度來看，這根本就是在眾人出發的時候才剛點的，真的是完全沒有概念。

這樣的設置真的只能騙一些無知的小女生，只要稍微對香有點概念的人，都不會因為這樣而害怕。

就香的意義來說，曉潔絕對可以算得上是專家。

香在華人世界裡面，用途非常廣泛，不只有兩大宗教使用，就連民間信仰也使用，祭拜祖先也使用。

光是在口訣之中，香出現的次數就高達四十一次。

因此，當時在傳授口訣的時候，阿吉就曾經單單就香這個部分，為曉潔上了一課。

曉潔的腦海裡面浮現出當時阿吉的模樣與他所說的話。

「香的意義繁多，」阿吉指著桌上的三支線香說：「種類也很多。平平都是三炷香，佛前點香『戒、定、慧』；道門點香『天、地、人』；墳前點香傳思念；神前點香道訴願；陰地點香引幽魂；荒野點香慰野鬼；兩短一長屍變前；兩長一短必有冤；含水不滅鬼作祟；一線不焚養小鬼……」

光是香的含意，當時阿吉就已經講了許許多多在各種不同的狀況之下所代表的意義，因此隨便用個紙杯點三支香就想要唬到像曉潔這樣的人，實在有點班門弄斧。

當然就連曉潔自己也沒有發現，對大部分的人來說，不管是香還是紙錢，都會聯想到跟鬼神有關。因此在這樣的荒郊野嶺加上深夜，不需要什麼故事的點綴，光是三支香就已經自然發散出嚇人的氣氛，所以拿來嚇一些正常長大的女孩，絕對是綽綽有餘。

但是對曉潔這種根本已經是半個道士的人來說，這些都是法器，自然不感覺到害怕，因此雙方才會形成了強烈的對比。

洪泰誠雖然很陶醉在被自己學妹緊緊摟住的時光，但終究還算是非常稱職的跟班，立刻注意到了他們的首要目標並沒有被嚇到。

「學妹，」洪泰誠對曉潔說：「像妳這樣鐵齒的人我見多了，學長奉勸妳，做人還是不要那麼鐵齒比較好，對於這種發生過命案的地方，還是多存點敬畏之心會比較好。」

「我不是鐵齒，」曉潔搖搖頭說：「只是覺得像這樣隨便插三支香，就想要騙人這邊發生過什麼事情，真的有點太瞎了。」

「不是騙人的！」陳登翰激動地叫道：「我現在要說的，就是這裡曾經發生過的事情。」

曉潔不想多說，聳了聳肩不再說話。

陳登翰則開始說著一聽就知道是瞎掰的恐怖故事，故事大概是講述一個女大生如何在這座涼亭被人殺害，死狀有多麼悽慘，最後變成了怨靈之後有多麼凶狠之類的。

故事中很明顯有許多不合邏輯的地方，曉潔聽得非常不以為然，不過也可以了解到這大概就是活動的一環，因此也不想點破。

只是當最後陳登翰說到，一直到現在那個女大生的陰魂還在這座涼亭，並且要大家對著涼亭大喊「學姊！我們沒有忘記妳！」的時候，曉潔覺得實在蠢斃了，完全不想配合當傻瓜。

但是其他幾個，包括亞嵐在內，卻叫得很起勁。

「學姊！」其他幾個學妹聲嘶力竭地齊聲吶喊：「我們沒有忘記妳！」

曉潔也不是神仙，如果在別的情況之下，自然不可能知道這裡有沒有很邪門。但偏偏就是他們幫曉潔點了三支香，對鍾馗派的人來說，只要點起三支香，至少就可以知道這裡有沒有什麼問題。

看那香燒得正常，這裡也很難有事，更何況就算有事，香也算是一種祭拜，不管怎樣都可以稍微緩和一點。

在曉潔看來，如果要嚇人，就不應該用這樣的方法。

就在眾學妹一起吶喊之後，第一關就算是過關了，對於沒能在第一關嚇到曉潔而覺得有點悶的詹祐儒，揮了揮手示意大家繼續前進。

眾人離開了涼亭，繼續朝第二關走去。

而就在大夥離開之後，曉潔刻意回頭看了一下涼亭，只見那個先前還裝神弄鬼，鬼故事說得振振有詞的關主學長，正以極快的速度往曉潔等人來時的道路奔跑，看樣子應該是要趕回去。

一直跟在曉潔身邊的亞嵐，也跟著曉潔回頭看到了這景象。

「奇怪，」亞嵐一臉不解地說：「他是要去上廁所嗎？」

「看起來不像，」曉潔淡淡地說：「應該是想要快點回去營地吧。」

「可是……」亞嵐皺著眉頭說：「我們不是第一組嗎？接下來應該還有其他組的人會來不是嗎？」

「可能是因為……」曉潔無奈地搖搖頭說：「這條路線，只有我們走吧。」

「啊？」

對於這個答案，亞嵐完全不能理解，不過曉潔不打算解釋這麼多。

因為就在說出這個假設的同時，曉潔內心浮現出一抹不安。

曉潔只希望他們不會為了嚇自己的學妹，而不擇手段做出不應該做的事情。

雖然就目前的情況來說，他們的伎倆與設計不是很高超，不過這絕對不是無謂的擔心，因為就在下一關，曉潔就會徹底了解到，自己的擔心一點也不是多餘的。

2

在離開涼亭之後，眾人走了一小段路程，途中雖然已經看不到大學校區的燈火，但是在月光的照映之下，遠處的湖泊卻清晰可見，月亮倒映在湖泊上，加上繁星點綴的湖面，也算是一個美景，讓幾個女學生看到都讚嘆不已。

雖然這試膽大會很蠢，但是就連曉潔都不得不承認，光是可以看到這幕美景，也算值回票價了。

「這湖泊叫做幻夢湖，」詹祐儒對第一次看到這美麗湖泊的學妹們說道：「還算是挺有名的一個景點，常常會有一些情侶來這邊看夜景，不過大部分都是在湖泊的另一邊，不太有人會走到這邊來。」

在離開湖泊之後，眾人又走了一段路，遠處的斜坡上，有個看起來有點怪異的突起點，只是光線太過於昏暗，一時之間沒辦法看清楚到底是什麼東西，不過可以確定的是，詹祐儒正帶著眾人朝那邊而去。

隨著眾人的靠近，那隆起之物也越來越清楚，終於到了差不多可以看清廬山真面目的距離時，走在前面的兩個學妹突然發出了淒厲的叫聲，並且緊緊貼住蔡孟斌與洪泰誠。

走在後面的曉潔與亞嵐面面相覷，完全不知道兩人在叫什麼，可是多走幾步，那隆起之物呈現在兩人眼前時，兩人雖然不像前面兩個同學一樣尖叫失聲，但臉上的表情也是驟變。

……不會吧？

比起另外兩人，曉潔與其說是驚恐，不如說是難以置信。

因為那隆起之物，竟然是一座墳墓。

如果這不是他們佈置的場景，那麼曉潔可以想像的是，最糟糕的情況似乎已經開始揭開了它的序幕，因為這已經跟恐不恐怖無關，而是跟鐵不鐵齒有關了。

果然，選擇這條有墳墓的路線是正確的。

看到所有人都對這座墳墓有反應，詹祐儒心滿意足地想著。

面對墳墓，就算是高傲的學妹，也難以克制她心中恐懼的情緒吧！

就在詹祐儒洋洋得意之際，眾人抵達了墓地，而在墓碑後面，負責守關的關主有別於前一關的關主突然跳出來，這一次他是慢慢地從墓碑後面浮現出來。

隨著他的浮現，另外兩個女同學的尖叫也越來越高揚。

兩人這時已經拋棄一切尊嚴，不顧一切地抱住兩個學長，並且瑟縮在學長身後。

然而曉潔已經完全沒有心思去管這兩個同學的反應了，她必須知道這座墳墓到底是真的還是假的。

不過當然，就連曉潔都很懷疑，剛剛那只能找到紙杯勉強插三支香的這些學長，真的有美術能力可以造出這樣的布景。

換句話說，這個墓地多半是……

「歡迎各位。」負責守關的關主學長用陰陽怪氣的聲音對眾人說。

就在關主學長故作陰森地出現的同時，曉潔的目光完全在墓地各處的細節上。

整座墳墓雖然看起來已經有點荒廢，但還是看得到一些過去曾經被人祭拜過的痕跡，看樣子即便已經荒廢，也是這幾年的事情而已，在多年前這裡也曾經是被人細心照顧的墓地。

不管是在墓碑前那祭拜的香爐台座，或者是一旁很明顯比其他地方都還要稀疏的草皮，都可以看得出這樣的痕跡。

墳頭雖然已經開始長滿了雜草，但是高度都不高，而在墳頭上，此刻正有個人毫不客氣地踩在上面。

看到所有女學生都被嚇壞的關主，一臉得意地凝視著眾人，正準備開口把擬好的台詞宛如一場表演般說出來的時候，一個聲音搶先了他一步。

「你瘋啦！」

這一聲斥喝，讓原本張開了嘴巴想要說話的關主學長，只有張大了口愣在原地，模樣看起來十分愚蠢。

在確定了墳墓不是什麼布景，而是真的是某位往生者的安息地之後，曉潔氣到整張臉都白了，畢竟這實在是她看過最荒謬的事情。

「就算是試膽大會，」曉潔瞪大雙眼斥道：「就算是刻意想要嚇人，還是有些事情不應該做，你這實在是太不尊重了吧？」

曉潔用手指著關主學長的腳，關主學長仍舊張大了嘴，愣愣地看著自己的腳，一時之間完全不懂曉潔在說什麼，因此沒有半點反應。

「還不把腳拿開！」曉潔斥道：「你踩在人家的墳頭上耶！天啊？你是三歲小孩嗎？你已經是大學生了，還不知道不應該隨便踐踏別人的墳頭嗎？」

完全沒想到學妹會有這樣大的反應，因此關主學長還是一愣一愣的沒有反應。

「快移開啊！」

曉潔再次喝斥了一聲，這時關主學長終於有了點反應，只是或許是因為驚慌的關係，將腳抬起來之後，竟然順勢踩到了墓碑上，曉潔見了更是頭暈，還沒開口，這時那關主學長踩在墓碑上的腳一滑，一隻腳直接又踩進了香爐之中，把祭拜過後剩下的香根，整個踩陷入香灰之中。

為了防止自己因為這一陣手忙腳亂而跌個狗吃屎，關主學長又向前一步，將還踩著墳頭的腳向上一蹬，再將踩著香爐的腳一躍，好不容易才跳下來。

只是在他這樣一躍一蹬之下，整個香爐台座裡面的香灰都被他踢出來，就連墳頭的草皮也被他剷掉了一大塊。

「有必要那麼激動嗎？」

好不容易保持平衡，從墳頭上算是踩著人家墓碑與香爐跳下來的關主學長，還忍不住抱怨。

回頭看著這座墳墓，已經整個面目全非，香灰灑滿一地，就連墓碑上都還有一個碩大的泥腳印，幾乎只差「XXX到此一遊」的記號，整個情境就非常清楚了。

曉潔看著那被踩得亂七八糟的墳頭，相信應該是這傢伙在等他們到來的時候，不耐煩在那邊踏步踩出來的痕跡吧？

看到這景象，曉潔感覺自己簡直就快要中風了。

先不要說信不信邪，光是這墳墓的家屬如果在旁邊看到這番景象，恐怕早就衝上前將這學長打得半死了吧？

就在曉潔氣得七竅生煙的同時，鼻尖聞到了一股異味。

「你該不會還在這裡上廁所吧？」曉潔難以置信地質問。

此話一出，不只有曉潔一人臉色難看，就連其他同學與學長們，也一起投以質疑的目光，那個原本還一臉抱怨的關主學長，瞬間一懍，猛力地搖頭否認。

「林家恆，」詹祐儒有點懷疑地問：「你該不會真的……」

「當、當然沒有啊！」名為林家恆的關主學長堅決地否認：「我再怎樣也不可能在人家墳頭小便啊！我是在那邊一個廢棄小屋尿尿的，真的！」

林家恆邊說邊用手指向某個方向，可是眾人順著看過去，卻沒有看到他說的什麼廢棄小屋。

不過就算沒在墳頭解便，他的所作所為也夠多了。

「那還真是謝天謝地，」曉潔諷刺地說：「你只有踩踏人家墳頭、踐踏人家墓碑、踢灑人家的香灰『而已』。」

曉潔突然感覺到一陣頭暈目眩，才不過第二關，曉潔覺得自己已經快要受不了了，要像這樣走完六關，不用被嚇，恐怕光氣就氣暈了吧。

「都那麼大的人了，」曉潔瞪著林家恆說：「哪些可以玩，哪些不能玩，還分不清楚嗎？為了嚇唬幾個學妹竟然連人家的墳墓都不放過。天啊，第二關就已經這樣了，如果我們沒有照你們的意思被你們嚇到，你們不就真的要去宰個人來分屍了？」

在曉潔義正詞嚴的責難之下，林家恆一臉委屈卻沒辦法多做辯駁，不過這還是沒有辦法澆熄曉潔的熊熊怒火。

「夠了吧，」曉潔將頭轉向兩個到現在還死命摟著學妹不放的學長說：「你們油也卡夠了，戲也鬧夠了，我可以回去了吧？」

洪泰誠與蔡孟斌兩人即便被曉潔這樣酸了一句，還是不願意輕易放開自己投懷送抱的學妹，只是互看一眼，沒有任何表示。

曉潔也沒多說什麼，轉頭就朝著反方向走，準備循原路回去營區。

眾人先是愣了一會，然後回神過來的時候，林亞嵐第一個有反應，她追上去打算跟著曉潔。

其他留在原地的人，紛紛轉頭看向詹祐儒，似乎等待他做最後的決定。

在眾人目光的期盼之下，詹祐儒好不容易才勉強伸長脖子，對著曉潔叫道：「學妹，妳要一個人下山啊？很恐怖喔，回來吧！」

但是已經一步步走遠的曉潔，連頭都不回，繼續朝著來時路走去。

「對啊！」洪泰誠有點幸災樂禍地叫道：「小心真的撞鬼喔！」

曉潔聽了只覺得就算遇到鬼，也比遇到你們這些學長好。

遠處林亞嵐追上了曉潔，兩人沒有多做停留，繼續一路朝著營區的方向走。

就這樣隨著曉潔的離去，這個給高傲學妹一個教訓的計畫，也算是正式泡湯了。

眾人面面相覷，完全不知道到底該怎麼辦才好。

當然，曉潔會離開除了氣憤到極點之外，還有另外一個原因。

就在一路氣沖沖地朝營區走去的同時，曉潔發現那股異味跟頭暈目眩的感覺，似乎維持了好一陣子。

這個感覺讓曉潔非常在意，因為她想起了過去阿吉曾經跟她說過的話。

「這叫做靈騷動，」阿吉當時的臉浮現在曉潔的腦海之中：「就是我過去跟妳說過的，修行的人會隨著他們的修行功力深淺，感受到不同程度的靈體騷動，有些靈力比較強的人，甚至不用修行也會感受到靈騷動現象。這些多半伴隨著身體的不適，頭暈目眩或者是聞到異味等等，情況嚴重的可能還會出現幻聽、幻視等等現象，這些都是靈騷動的主要現象。」

「那麼靈騷動代表什麼？」當時的曉潔這麼問。

「代表附近有靈體開始騷動了，」阿吉直接了當地回答：「簡單來說，就是有不好的事情發生……或者是，即將發生。」

如果剛剛那個叫做林家恆的學長沒有說謊，他真的沒有在人家的墳頭隨便便溺的話，那麼曉潔此時此刻明顯聞到的味道，很可能只意味著一件事情。

就是阿吉曾經說過的……靈騷動。

3

曉潔氣沖沖地和亞嵐循著原路回到了營區，然而等兩人回來的時候，大部分的同學都已經開始了他們的試膽大會，因此整座營區空蕩蕩的，只有幾個學會幹部還留在營區。

問題在於，她們回來的一路上，卻連一支隊伍都沒有看到。

這下林亞嵐才驚覺原來曉潔所說的是真的，那條路線的確只有他們這一組的成員走而已。

這讓林亞嵐暗自在心中對曉潔感到驚訝，明明兩人從迎新晚會被分到同一組開始，幾乎都是在一起的，可是自己什麼事情都不知道，曉潔卻不知道為什麼可以看出那麼多事情。

如果再加上先前在認親大會上她幫自己找出所有班上的同學這件事，就算林亞嵐再遲鈍，也可以知道曉潔是個很有能力的人。

觀察力好、記憶力超群，人又長得漂亮，這些都是林亞嵐有點崇拜曉潔的地方。

這兩天相處下來，讓林亞嵐對曉潔大有好感，因此她實在不太了解為什麼那些學長要這樣對待她。

雖然曉潔贏得了亞嵐的心，但是情況卻沒有因此好轉。

兩人等了好一陣子之後，終於有小隊回到營地，而每個回到營區的隊伍都不約而同地看向曉潔與亞嵐這邊。

就連林亞嵐都注意到那些人的眼光似乎有點異狀，回營區的同學們也刻意與兩人之間保持一段距離。

可想而知的是，兩人擅自離開隊伍回來的事情，恐怕已經被大家知道了吧？

更有甚者，由他們安排這個試膽大會的粗糙手段，加上眾人看自己的奇特眼光，說不定兩人還被說成中邪之類的來嚇其他同學也說不定。

這些曉潔都可以想像，不過對現在的她來說，這些都無所謂了。

在對守第二關的學長林家恆大發飆之後，曉潔內心其實也有點後悔，畢竟那些其實跟她一點關係也沒有。

可是看到這些所謂的學長，只為了嚇唬學妹卡點油，竟然連別人的墳墓也肆無忌憚的當成景點，內心一時有點太過於激動。

不過這就是曉潔的個性，從她當年看到自己的導師阿吉用腳踩了徐馨奶奶的臉，她也是氣到立刻跳腳，斥責當時的導師阿吉，就不難想見今天的情況了。

當然曉潔也知道自己不能再跟過去一樣，因此也試圖想要改變自己的個性，不過這不是說改就能馬上改過來的。

也因此在大發雷霆之後，曉潔也真的很後悔。

不過話說回來，如果自己不是經歷過高二那一段時光，說不定現在也會對這樣的活動感到刺激又好玩吧？

這就是在不同經歷之下的各種人會產生的不同反應，所以太過於苛責那些學長似乎也不太對。

就在曉潔自我反省的時候，一個學姊氣憤難耐地出現在營區入口，看樣子又有另外一隊從試膽夜遊的路線回來了，只是有別於其他回來的人，這個學姊一臉怒氣地掃視著回來的眾人，最後那憤怒的目光停留在曉潔與亞嵐身上。

鎖定了目標之後，學姊快步朝兩人衝過來，然後停在兩人面前。

「妳們兩個誰是葉曉潔？」學姊氣憤地質問兩人。

曉潔抬起了頭，面對這個怒氣沖沖的學姊，只淡淡地答道：「我，怎麼了嗎？」

「妳以為妳誰啊？」學姊指著曉潔的臉罵道：「跩什麼跩啊？沒大沒小的，誰給妳那個資格去罵學長？」

雖然學姊很明顯是衝著曉潔來的，但是一旁的亞嵐看到這麼霸氣外露的學姊，突然過來就直接破口大罵，嚇了她好大一跳，整個人縮成一團。

「我沒有跩，」相反地首當其衝的曉潔卻平靜地回答：「只是就事論事，或許我的口氣有點激動，但是比起那座被他又踩又踢的墳墓來說，我不覺得我說的事情有什麼不對。」

早在學姊衝著這邊而來，曉潔就大概知道她是來興師問罪的，只是曉潔不知道的是，這個叫做許瑤姍的學姊，正是那個被曉潔罵到臭頭的關主學長林家恆的女朋友。

在曉潔憤而離開之後，詹祐儒當然覺得非常不爽，自己與其他兩個跟班精心安排的恐怖路線，就這樣毫無用武之地也就算了，竟然還讓他在其他學妹面前盡失顏面，讓他更是不爽。

因此他決定要徹底孤立曉潔，他們來到最後一關之後，將曉潔等人的行為一一告訴接下來到達的隊伍，當然其中加油添醋的成分絕對少不了。

就這樣所有隊伍的人都知道，曉潔因為過度害怕而對守關的關主破口大罵，甚至直接拖了一個同學擅自脫隊，導致她的直屬學長因為擔心她的關係，到處在找她。

詹祐儒為人圓滑，當然鬼點子也不少，如果不是這樣，根本不可能在競爭如此激烈的電視節目中，受到他人歡迎與矚目。

至於心機的部分，一向都是詹祐儒非常拿手的，善於察言觀色的他，很容易靠著交談讓人受到他的影響。

詹祐儒當然很清楚他們班的班對許瑤姍跟林家恆之間的關係，所以等許瑤姍所帶的隊伍到了之後，立刻加油添醋地將曉潔訓斥她男友的事情告訴了許瑤姍。

本來待人處事就比較衝動的許瑤姍聽了，為了幫自己的男友打抱不平，肯定會找曉潔吵架。

既然嚇不了葉曉潔，至少可以用這種借刀殺人的方法來教訓這個高傲的學妹，也不算是一無所獲。

果然許瑤姍聽完詹祐儒的「故事」之後，立刻怒氣沖沖地帶著隊伍回到營區。

原本還以為曉潔會乖乖被自己好好痛罵一頓，誰知道她竟然平靜地頂嘴，更讓許瑤姍火冒三丈。

「他怎麼做干妳什麼事啊？」許瑤姍一臉狠勁地罵道：「裡面埋的人是妳的誰啊？阿公？叔叔？爸爸？還是妳炮友啊？跟妳無關妳是在激動個屁啊？」

看著口不擇言的學姊，曉潔很想痛快反擊，畢竟如果真的只是要動嘴的話，曉潔也絕對可以算是牙尖嘴利，可是剛剛才為了林家恆的事情而有點過意不去，現在實在不想破戒，只為了逞口舌之快。

「我沒有別的意思，」曉潔忍住心中的怒火，盡可能保持平靜地說：「我只是認為遊戲應該要有遊戲的界線，拿別人的墳墓來玩是非常不應該的事情。當然如果那是你們家的祖墳，自願讓那位學長踐踏的話，那我就沒意見了。如果情況真的是這樣，我甚至可以跟那位學長道歉，但是如果不是的話，我不認為我說的話有什麼地方不對。」

「妳現在是怎樣？」聽到曉潔說的話，雙眼瞪得更大的許瑤姍大聲叫道：「妳真以為妳有點長相就可以跩個二五八萬什麼話都能說嗎？媽的，妳是沒被人揍過嗎？」

許瑤姍話才剛說完，突然揮起手來就朝曉潔打過去，這一下來得算是突然，曉潔一看向後一退，下意識地微微蹲了一下，但是怎麼樣都不可能躲掉這一拳。

這時突然從旁邊湧出幾個學長姊，合力架住了許瑤姍，才讓許瑤姍的拳頭不至於真的打在曉潔的臉上。

原來許瑤姍容易激動與動粗的個性，其他相處過一年多的同學們早就知道了，尤其是關係到自己的男友，她更容易激動，因此當許瑤姍找上曉潔興師問罪的時候，就已經有幾個同學在一旁觀察待機，果然兩人吵沒幾句，許瑤姍就想動手了，因此眾人才會立刻一擁而上，架住許瑤姍。

畢竟不管再怎麼說，在系學會所舉辦的活動之中動手打了學妹，這件事情如果真的鬧大起來，可是會沒完沒了。

那幾個拉住許瑤姍的學長姊，雖然看起來好像救了曉潔一命，但實際上曉潔自己也嚇到了，因為如果不是這些學長姊突然從旁邊衝出來架住許瑤姍的話，她下意識微蹲之後，竟然差點就把膝蓋頂出來，儼然就是魁星七式裡面的一招。

換言之，如果他們沒有拉住許瑤姍，讓許瑤姍就這樣直接衝上去，曉潔很可能就在無意識的情況之下，使出一招魁星七式，到時候情況恐怕只會更加嚴峻與糟糕。

會有這樣的舉動，完全出乎曉潔的意料之外，她作夢也沒想到自己會在無意之間差點就動手傷了人，所以與其說是被許瑤姍的行為嚇一跳，不如說是自己的反應更讓曉潔嚇到。

當然這些其他人完全不知道，只看到一擁而上的學長姊及時出手才讓曉潔免去一頓揍。

而那些拉住許瑤姍，自以為救了曉潔一命的學長姊，也用一種充滿責備的眼光瞪著曉潔，就好像這一切本來就是她的錯一樣。

被人架住的許瑤姍仍然不願意放棄，拚命地掙扎想要掙脫開來，好好教訓一下這個學妹，眾人當然了解許瑤姍的心情，因此一邊架著許瑤姍慢慢遠離曉潔，一邊好說歹說地勸著許瑤姍。

其中不乏一些直接了當的批評，雖然說是為了安撫許瑤姍，但也算是直接在曉潔面前毫不留情地批評著她。

什麼自以為好看啦！公主病啦！這種人遲早會有報應啦！何必弄髒自己的手！

類似這樣冷酷的批評，就這麼直接在曉潔面前說出來。

縮在一旁驚魂未定的林亞嵐，見到許瑤姍被架走之後，逐漸冷靜下來。

但是聽到這些中傷曉潔的話語，卻有一種說不出來的難過。

或許曉潔說話的口吻不是那麼客氣，但是亞嵐知道，曉潔所說的並沒有錯。

就算是遊戲，也不應該這樣做，當然如果那座墳墓只是他們搭的景，就好像電影那樣，那倒沒什麼問題。

可是如果是別人的墳墓，做出這樣的事情，的確非常不敬，也非常的不尊重。

如果這是恐怖片，可以肯定的是那些學長最後的下場都會很悽慘。

即便認為曉潔沒錯，亞嵐卻完全不知道該怎麼安慰曉潔，更不知道該如何幫曉潔跟大家解釋。

因此亞嵐唯一能做的，就是對曉潔投以同情的眼光。

就在這時，亞嵐看向曉潔，曉潔板著一張臉，但目光卻不是看著眼前逐漸被人拉走的許瑤姍，而是凝視著營區的出入口。

亞嵐順著曉潔的目光看過去，看到了三張熟悉的面孔出現在營區入口。

這三張熟面孔不是別人，正是以詹祐儒為首的三人組，此時的三人正跟營區中所有其他人一樣，一起看著這場由許瑤姍所引爆的爭執鬧劇，不過不同於其他人的地方是，這三人臉上都明顯有著一張看好戲的表情。

亞嵐這才有種一切都是那三個人搞出來的感覺。

為什麼要這樣對曉潔？亞嵐完全不了解。

明明才剛認識不久，到底有什麼樣的深仇大恨要這樣對待自己的學妹？就算亞嵐想破頭也想不出半點原因，但擺在眼前就是這樣的事實。

這三個學長似乎非常討厭曉潔，而且有一種不把她整死不罷休的感覺。

許瑤姍在幾個學長姊的簇擁之下，終於離開了曉潔身邊，整個場面也因此逐漸緩和下來。

然而在這一場鬧劇之後，幾乎在場所有人都知道曉潔的事情了。

曉潔可以清楚地感覺到每個人看她的眼光都帶著有如針刺一般的敵意，對於這種變化，最痛苦的莫過於曉潔這樣觀察力出色的人了。

觀察力越好，就越可以看到一些自己被人厭惡的蛛絲馬跡，即便那些人裝得好像一臉沒有任何異狀的模樣，但一些不經意流露出的小動作都透漏著這些訊息。

這真是曉潔作夢也沒想到的事情。

如果說就事論事，那麼曉潔還是不覺得自己有錯，畢竟踐踏他人墳墓的不是自己。

但是曉潔也知道，當所有人的想法與潮流都朝著錯誤的方向前進，正確就會是一種錯誤，而堅持正確的己見，也理所當然成為了一個罪過。

在社會上都這樣了，更遑論是大學生們，而且討厭曉潔的不只有學長姊，就連一些同年級的同學也開始用異樣的眼光看著曉潔。

想不到，自己的大學生活的開端竟然會變成這樣。

這到底是怎麼回事啊，難道這就是大家所謂的流年不利嗎？

曉潔過往的求學階段人緣一直都很好，除了高二曾經為了救同學，被誤會成毆打同學家長的瘋子之外，她還真不曾有過像這樣被大家厭惡的時光。

在這個最痛苦的時刻，曉潔想到了阿吉。

「我可以理解，」在一次教完口訣之後，曉潔曾經這樣問過阿吉：「你本人平常的造型、跑車還有那些言行舉止，可能……嗯……讓學校難以接受。但是你自己都不覺得這樣很精神分裂嗎？一會洪老師、一會阿吉的，到底哪個才是真正的你？」

聽到曉潔這麼問，阿吉沉下了臉，沉默了一會。

「就這一次，」阿吉的臉上浮現出曉潔從來沒看過的認真表情：「我認真回答妳。」

曉潔本來還想說幾句俏皮話，但看到這樣子的阿吉，到嘴邊的話瞬間全部吞進肚子裡。

「眾人皆醉我獨醒，」阿吉凝視著曉潔說：「妳有試過嗎？」

曉潔搖搖頭。

「在這個茫茫的人世間，」阿吉接著說：「人與人之間幾乎零距離的今天，能夠完全不戴面具，照著原始面貌率性而活的人有幾個？我師父這輩子，都在努力成為所有人期盼的人，即便到最後，他贏得了所有人的敬重，但是卻得不到他自己師兄的尊重。這點一直都是我師父心中的痛。至於妳的問題，我用我師父告訴我的話回答妳，如果一個人的本性是把刀，那麼不管是妳現在看到的阿吉，還是學校看到的洪老師，都只是刀鞘而已。妳懂嗎？就跟衣服一樣，沒有人會問到底穿哪件衣服的妳才是真正的妳，不是嗎？」

聽到阿吉這麼說，曉潔張大了嘴，過了一會之後才低聲啐道：「這些話太深奧了，不適合你。」

「我已經很節制了，」阿吉白了曉潔一眼說：「妳要知道，我師父跟我說這些話的時候，我只有九歲。」

當然那時候的曉潔已經大概知道，可以算是自己師祖的呂偉道長有這樣的習慣，不管阿吉幾歲都會講些超過他年齡所能理解的話給他聽，因此也只是嫣然一笑沒有多說什麼。

想到阿吉，又讓曉潔心裡一片酸楚，搭配到現在的情境，如果不是在這人來人往的營地，而是在么洞八廟的房間裡面，恐怕她已經趴在床上哭了。

明明才想說要低調，可是卻在開學沒有幾天就遇到這種事情。

……唉。

雖然曉潔的臉上還是不動聲色，可是內心卻是無奈到了極點。

「我支持妳，」林亞嵐的聲音從身旁傳來：「我覺得妳是對的。」

聽到林亞嵐這麼說，曉潔報以淡淡的微笑。

雖然很慶幸在現場的眾人之中，有人認同自己，可是這一點也沒有改變既定的事實。

從目前的情況看來，自己未來的大學四年很可能不會很好過。

雖然曉潔可以轉學換個環境，讓一切再重新開始，但是當初會選擇這所學校，本來就是有意義的。

因為，這裡是阿吉曾經就讀過的大學，曉潔說什麼也不想只因為這樣就放棄。

這是去年就已經下定決心的事情了。

短短的半年，帶給曉潔滿滿的遺憾，曉潔甚至還來不及深入了解這個徹底改變自己一生的男人，就已經可能永遠失去他了。

因此曉潔想要更了解他一點，走他走過的路，或許經過這樣的道路，她可以多貼近他一點。

光是半年的相處，真的太短暫了，即便是觀察力卓越的曉潔也沒辦法了解他。

不過這樣的決定與想法，竟然會變成如此殘酷的現實，這恐怕不是曉潔當初所能想像到的。

現在的曉潔，的確了解到當年阿吉對她說的「眾人皆醉我獨醒」的情境，也更可以了解那時站在貨車上，面對過去同樣是鍾馗派的道士們，卻被迫要跟他們決一生死時，眾叛親離的那種心痛了。

一想到這裡，曉潔知道自己眼前的這點痛，跟當時在J女中的阿吉比起來，真的是小巫見大巫。

這些人不是看著自己長大的，他們也不是同門，更不是步入魔道的人。

她面對的只是一群人云亦云、不分是非的大學生而已。

一想到這裡，難受的心裡倒是真的好受了不少。

曉潔抬起頭來，試圖用不一樣的角度來看待這一切時，卻發現有點不對勁。

……不太對。

突然注意到系學會那些幹部的行動，讓曉潔皺起了眉頭。

只見幾個幹部來回穿梭，然後幾個人一起到了詹祐儒的身邊，指指點點似乎在說什麼事情的樣子。

「事情似乎有點不對。」曉潔對亞嵐說。

「怎麼啦？」

曉潔用下巴比了比詹祐儒的方向，亞嵐順著看過去，果然看到了幾個人圍在詹祐儒身邊，他們雖然有點刻意想要遮掩略顯慌張的表情，但是只要細心觀察一下，就可以看出端倪。

「希望情況不要是我想的那樣。」曉潔皺著眉頭說。

「怎樣？」

曉潔沒有回答，只是用頭示意要靠過去聽聽看。

兩人站起身來，朝詹祐儒的方向靠過去，終於到了差不多的距離，兩人便靜悄悄地找了一個地方坐下來。

「你們回來的時候有經過那座墳墓嗎？」詹祐儒問其中一對學姊跟學長。

「沒有刻意靠近，」那個學姊答道：「就只是經過而已，那時候就已經沒看到家恆了。」

學姊口中的家恆，應該就是那個負責在墓地守關的學長，至於詹祐儒口中的墳墓，應該就是那座被林家恆踐踏的墳墓。

「我剛剛問過了，」洪泰誠皺著眉頭說：「登翰也說沒有看到他，他是第一個回來的，但是他也沒看到家恆。」

「這就怪了，」詹祐儒摸著下巴說：「按理說他應該只比登翰晚一點回來而已，怎麼會拖到現在？」

「該不會是迷路了吧？」

「不可能吧？」洪泰誠搔著頭說：「他跟么三是這裡看夜景的常客，我們之中最熟的說不定就是他了，怎麼可能會迷路？」

聽到這裡，曉潔跟亞嵐互換了一下眼色，大概了解到發生什麼事情了。

從他們的對話可以聽得出來，似乎是負責墳墓那關的關主學長林家恆，一直到現在都還沒有回來。

在詹祐儒後面低著頭的人，正是剛剛才發過飆，被洪泰成用諧音取綽號叫么三的許瑤姍。此刻聽到自己男友沒有回來的許瑤姍，原本好不容易才被稍微安撫下來的情緒又再度爆發開來。

「迷路個屁啊！」許瑤姍叫道：「我看多半是不願意回來看到這女人的臉吧？」許瑤姍這一叫，又讓原本已經安靜下來的營區再度騷動了起來，大家紛紛看過來，不少人臉上都露出「又來了」的表情。

當然，許瑤姍完全不在乎其他人的眼光，反而揚起頭來，朝剛剛曉潔所在的地方看過去，一時沒有看到曉潔，掃視了眾人一眼，有這麼一剎那，曉潔想要躲起來，但是卻沒有半點動作，仍然坐在原地不動，果然許瑤姍很快就找到了曉潔。

「如果他發生什麼事！」許瑤姍指著曉潔咆哮道：「我一定不會放過妳！就是妳害的！這一切都是妳害的！」

被許瑤姍這樣指著，曉潔氣到有點發抖了，畢竟這到底是什麼詭異的責任歸屬啊？就只因為自己不想參加試膽大會，對於這些學長姊的玩火行為感到不愉快，然後有任何人出了什麼意外就變成是自己害的？

然而就在許瑤姍正準備上前跟曉潔算帳的時候，一對學長姊跑過來叫道：「找到了！」

這句話就好像有魔力一樣阻止了許瑤姍，她立刻停下腳步，回頭看著那一對學長姊。只見兩人有點上氣不接下氣，應該是剛剛一路跑回營區所致，不過最詭異的還是其中那個學姊，臉上一片死白，眉目之間流露出害怕至極的表情。

「他人呢？」詹祐儒問兩人：「你們找到人了卻不把他帶回來是怎樣？」

那一對學長姊先是互看了一眼之後，學長才轉過頭來，一臉慘白地說：「找是找到了，可是……他就好像不認識我們一樣，整個人非常詭異，就好像……好像……」

「好像什麼你說啊。」詹祐儒不耐煩地說。

「就好像……」那學長頓了一會之後說：「中邪一樣。」

雖然那學長說得很小聲，但是那兩個字彷彿具有魔力一樣，鑽入了曉潔與亞嵐的耳中。

曉潔沉痛地閉上眼睛，心中想到的正是當時怒氣沖沖跑回營區時所感受到的頭暈與聞到的異味。

果然是靈騷動嗎？

「啊？」有別於曉潔的反應，詹祐儒一時之間還有點反應不過來：「中邪？你故意想要嚇我們的吧？」

「真的！」那學長瞪大雙眼說：「如果不是中邪的話，你們要怎麼解釋他的行為？」

「什麼行為？」

「我們看到他的時候，」那學長說：「他就蹲在那裡，不管我們怎麼叫他，他都完全沒有反應，只是一直蹲在那邊不知道在幹嘛。沒辦法，我們只好靠過去，誰知道等到我們繞到前面的時候……」

說到這裡，那學長轉過頭看了跟他一起的學姊一眼，兩人臉上都浮現恐懼的表情，可以想像的是當時的畫面又再度重現在兩人的腦海之中。

「家恆就蹲在那裡，」那學長轉回來繼續說：「然後……用手挖著地上的泥土，拚命往嘴裡送，一直在吃土。」

在場的人聽到那學長這麼說，都是先愣了一下，然後臉上才浮現跟那對學長姊一樣的詭異神情。

「我跟小麥本來也想阻止他，把他拉回來，」那學長接著說：「可是根本拉不動他，我看這樣下去也不是辦法，才會先跟小麥回來……。」

那學長說完之後，現場陷入一片沉靜，過了一會之後，詹祐儒才打破這片感覺就好像束手無策的沉默。

「不管怎樣，」詹祐儒勉強地說道：「現在還是先想辦法把他帶回來再說，我們照原訂計畫，分成幾組先去找家恆，說不定他已經不在那裡了。么三妳跟我一起走，你們先帶我去剛剛找到家恆的地方。其他人就照我們剛剛分配的那樣，再去其他地方看看。」

在分配好了工作之後，大家立刻準備出發。

「記住，」詹祐儒在臨行之前，提醒了大家：

「這次不管他有什麼行為，都要想辦法把他帶回營區。」

交代完之後，以詹祐儒為首的系學會幹部分成了四組人馬，陸陸續續離開營區。

許瑤姍臨走之前，還惡狠狠地瞪了曉潔一眼。

這一眼，讓曉潔心中頓時感覺到一桶冷水潑了下來。

雖然這些學長姊的態度與敵意，讓曉潔真的非常想要轉頭就走，不想管他們的死活，不過曉潔也知道，如果自己不做點什麼，那麼那位學長，恐怕真的永遠不會回來了。

這樣，真的好嗎？

第3章・誤解

1

以詹祐儒為首的系學會幹部紛紛離開營區之後，整座營區開始議論紛紛，有守關學長沒回來的事情，也開始傳遍了整座營區。

在這樣繪聲繪影的傳聞之下，終於也出現了一點質疑學長的聲音，有人開始猜測會不會是他們在辦這個活動之前沒有拜拜之類的，才會讓那些好兄弟不爽。

總之，在出事之後，大家對於曉潔似乎有了比較不一樣的看法，至少，可以明顯地感覺到，那個對曉潔充滿敵意的營區，在詹祐儒等人離開之後，開始慢慢消散了。

這些即使是林亞嵐也可以明顯地感覺到。

可是身為當事人的曉潔，卻一點也沒有為此感到欣慰。

此時此刻的她，內心卻受到無比的煎熬。

打從出生以來，她就不曾被人如此惡意地對待過。

天啊，那個學姊甚至還想要動手揍她，在這樣惡劣的情況之下，如果這世界上有什麼人是曉潔最不想救的，肯定就是那個自作自受、女友還想要不分青紅皂白對自己動手的學長。

可是曉潔心中卻不斷浮現出那個頂著一頭金髮，講話沒幾句正經，總是一副吊兒郎當的阿吉，說著那一句與他形象最不符合的話。

「這就叫做……」阿吉講這句話時一定會露出一臉囂張的模樣：「義無反顧，懂嗎？」

在先前的試膽大會中，曉潔之所以會選擇調頭走人，不繼續走完行程，除了看不下去那些行為之外，就是因為頭暈跟一直聞到異味，而且伴隨著這些身體的不適，曉潔的內心也跟著非常浮躁。

曉潔有種要是不趕快離開那裡，自己很可能會被氣呆的想法，因此才會這樣不顧一切回營地。

現在回想起來，或許是因為自己完全不能適應阿吉口中所說的「靈騷動」的現象。

雖然她也的確想到了，那很可能是這麼一回事，不過一直到聽到那學長在吃土，曉潔才非常確定。

「魔啖木、靈食屍、妖吃土。」

其中一個口訣的這麼一段，浮現在曉潔的心中。

如果自己不去的話，那麼她有八成的把握那個學長永遠都不會回來了。

而自己如果不去的話，那麼曉潔也有八成的把握，自己未來很可能都得背負著這樣的陰影。

因此，即便有千百個不願意，曉潔還是站了起來。

「怎麼啦？」一旁的亞嵐問道。

「不行，」曉潔苦笑著說：「我得去看看。」

曉潔說完之後，轉身便朝營地的入口走去。

曉潔這行動來得突然，亞嵐還沒回過神來，曉潔已經快要走出營區了。

亞嵐猶豫了一會之後，也追了上去。

「等我！曉潔！」

才剛走出營地，就聽到身後亞嵐的叫喊，曉潔轉過頭來，果然看到亞嵐追在後面。

「妳怎麼跟上來了？快回去。」

「妳要去哪裡？」

「我……需要……想……」曉潔完全不知道該怎麼說。

「妳要去找學長對不對？」

「是……可是……」

「我也想要幫忙，」亞嵐眨了眨眼說：「我不能讓妳自己一個人去。」

「可是……他可能……」對於鬼上身或者是收鬼之類的話，即便到現在曉潔還是不太能夠大方地說出口，因此面對跟上來的亞嵐，只能支支吾吾。

「我們快走吧。」

「會有危險。」至少這點曉潔非常肯定：「妳還是回去比較好。」

「有危險就更應該一起去啊，」亞嵐說得理所當然：「兩個人也比較好有個照應。」

聽到亞嵐這麼說，一時之間曉潔還真不知道該怎麼反駁。

眼看時間緊迫，曉潔也只能讓亞嵐跟著了，或許當初自己死命要跟著阿吉，阿吉心中也是這般無奈吧？

這麼想著的曉潔，也只能在心中苦笑搖頭了。

亞嵐就這麼跟著曉潔一起跑出了營區，只是亞嵐完全不知道，曉潔打算怎麼找學長。不過不知道為什麼，亞嵐真的相信如果要說誰能找得到學長的話，那麼答案肯定是曉潔。

就這樣，曉潔在前面拿著手電筒帶路，亞嵐緊緊跟在後面，走沒多久，亞嵐就認出這條路應該就是先前試膽大會的時候，兩人走過的路線。

果然過沒多久，穿過了樹林之後，兩人就看到了第一關的那座涼亭。

曉潔沒有半點猶豫，一路直直朝著涼亭跑過去，亞嵐也跟在後面。

到了涼亭，曉潔示意要亞嵐等一下，然後自己跑到涼亭的角落，在那裡原本有著學長留下來的那插有三支香的紙杯，只是經過了這段時間，香已經燒完了。

當時匆匆離開的學長，並沒有把紙杯帶走，曉潔拿起了紙杯，將裡面的東西倒掉，然後回到了亞嵐身邊。

「這個等等我們可能會用到。」曉潔這麼解釋。

亞嵐側著頭，不是很明白為什麼她們會需要一個紙杯，不過目前來說，更重要的問題是，為什麼她們要到這邊來。

曉潔沒有多做解釋，離開了涼亭之後，這一次她們的目標還是照著原來的路線走，朝著下一個關卡墳墓的方向前進。

「為什麼我們要去墳墓那邊？」亞嵐提出了她的疑惑。

「說來實在諷刺，」曉潔猶豫了一會，苦笑地說：「因為墳墓那邊很可能會留下一些『東西』，可以幫助我們找到那個學長。」

兩人加快了腳步，很快就看到了下一個目的地。

或許就是因為學長林家恆目前失蹤的關係，亞嵐覺得此刻舊地重遊，那座墳墓看起來比先前還要更為駭人。

就好像一座通往地獄的堡壘一樣，散發出令人恐懼的氣息。

有這麼一剎那，亞嵐有點後悔自己跟出來。

不過不知道為什麼，曉潔總是給她一種安全感，就好像跟在她身邊，就算真的發生什麼事情也不用擔心的感覺。

這時兩人已經來到墳墓邊，整座墓地仍然保留著被學長林家恆破壞過的痕跡，一個留在墓碑上的腳印，踢灑一地的香灰。

曉潔走到墓碑前，用手電筒一照，香爐台上的香灰還留有一個完整的腳印。

看到這個腳印，曉潔鬆了一口氣。

還好這個腳印還在，不然就要想別的辦法了。

曉潔腦海裡浮現那句口訣——踏香留跡蹤可尋。

曉潔用紙杯，小心翼翼地將香灰上的腳印挖下來，將香灰挖入紙杯之中。

紙杯與香灰上的腳印，都是學長們意外留下來的東西，如今卻是找到那個學長最好的道具。

這點，就算是曉潔也始料未及。

在確定收集了林家恆留下來的腳印香灰之後，曉潔站起身來，看到墳墓荒廢的模樣實在很不忍心。

曉潔轉向墓碑，放下紙杯之後，誠心地拜了拜。

看到曉潔拜了幾下，亞嵐也入境隨俗跟著拜。

在拜完之後，曉潔拿出手機。

「妳要報警嗎？」

「不是。」曉潔笑著搖搖頭。

「喂？」手機接通後，曉潔對著手機說：「阿賀嗎？我是曉潔。我這邊有個墳墓需要你找人來處理一下，就是稍微整理跟祭拜一下。」

電話那頭傳來一些聲音，曉潔聽了之後說：「因為我們有個學長為了玩遊戲把這裡搞得面目全非，所以麻煩你幫我找人來整理一下。地點大概是在……」

曉潔將墳墓所在的地點告訴阿賀，然後掛上了電話。

想不到曉潔會這樣煞有其事地請人來整理墳墓，有點出乎亞嵐的意料之外，原本在烤肉會上，當曉潔告訴她自己不喜歡看恐怖片的時候，亞嵐還以為曉潔真的是學長所說的鐵齒的人，不相信任何鬼怪之說，這時看到了曉潔一連串的反應，讓亞嵐認為情況或許剛好相反也說不定。

「剛剛那個，」曉潔掛上電話之後亞嵐問道：「是妳男朋友啊？」

曉潔聽了瞪大眼睛，用力地搖著頭說：「不是！他是廟……我們家的……員工。」

「所以妳們家是自己開公司啊？」

「不是，不是。」曉潔無力地搖搖頭。

阿賀是自己的高二導師兼師父阿吉廟裡最得力的助手，不只要幫忙跟監，還得在刷牙準備睡覺的時候幫忙斬雞頭，這樣的解釋恐怕又會衍生出一堆問題。

一想到如今發生的這些，還有這通電話，加上接下來可能會發生的一切，曉潔非常清楚亞嵐肯定會有無數的疑問。

不管哪個疑問，都不是一時半刻之內，就可以簡單解釋得完的。

「唉，」曉潔嘆了口氣說：「這很難解釋，晚點有空我再慢慢跟妳說，現在先想辦法找到學長吧。」

「嗯嗯。」亞嵐很乾脆地點了點頭。

距離發生那些事情已經差不多有兩年了。自從那些事情發生之後，曉潔的世界就好像被迫分成了兩邊，一直到現在曉潔還是有這樣的錯覺。

回到么洞八廟時，就彷彿是回到了一個與世隔絕的世界，時光就好像還停留在高二那一年，外面彷彿充斥著妖魔鬼怪。這個世界有著祖師鍾馗流傳下來的口訣以及鍾馗派的過往。那裡的她，是鍾馗派的繼承人。

然而，當離開了么洞八廟，回到外面的世界，就是高二之後沒有阿吉的世界。沒什麼妖魔鬼怪，只有單純人與人之間的關係，沒有累積數代的恩怨情仇，更沒有夾雜著鬼魂與邪法的世界。什麼鍾馗派與口訣之類的，就好像是小說還是電影裡面才有的內容，完全不真實。

在么洞八廟的她，有著正常的作息，每天固定要複習很多口訣與其他東西，有著固定的規劃，每天照著這些規劃而行。

然後離開么洞八廟的她，是個普通的女學生，跟同學快快樂樂地生活，從來不曾提到過任何關於口訣的東西，更不會去留意有沒有什麼不正常的東西躲藏在陰暗的角落。

對曉潔而言，唯一連結兩個世界的，只有一份責任感，要找尋下一個繼承人的責任感，如此而已。

一直以來，曉潔以為自己調適得很好，她可以任意切換兩個世界，而這兩個世界也以么洞八廟的廟口當作一個分界點，彼此絕對不會侵犯，永遠不會交集。

然而，想不到一個系上舉辦的迎新活動，卻粗魯地強迫曉潔要讓這兩個世界重疊。

曉潔得要在外面的世界回憶起那些口訣，順著那些口訣，去尋找那個很可能被鬼上身的學長。

「踏香留跡蹤可尋」照著當初阿吉的解釋，是因為香灰具有很多功用，其中一個正是尋蹤。

很多人被鬼上身之後，因為元神跟鬼魂之間的拔河，往往會陷入神智不清的階段。在這個階段，常常會發生行蹤不明的情況，因此長年以來，都會讓可能被鬼上身的人踏香灰，如此一來，當被鬼上身的對象行蹤不明的時候，只要不要走得太遠，都有機會透過他所踏的香灰，找到他的蹤跡。

曉潔用手撚了點灰，然後在額前拜了一下之後，摩擦手指讓香灰脫落，香灰竟然朝著逆風的方向飄。

畢竟這是曉潔第一次嘗試，根本不確定有沒有效，看到香灰竟然逆風飄散，內心也是有點訝異，愣了一會之後才對亞嵐指了指香灰飄散的方向說：「那邊。」

到底這個方法可不可靠？曉潔不知道，說不定連阿吉也不知道。

因為這是很早以前所使用的方法，或者應該說是沒辦法中的辦法。

在缺乏其他更好的法器與道具之前，這是最原始的方法。

就這樣，曉潔每走一段距離，就會用紙杯裡面的香灰來測方向，兩人照著香灰飄散的方向，經過了那片湖泊邊，來到了另外一片森林。

而就在曉潔開始擔心紙杯裡的香灰越來越少的時候，兩人穿出森林，一旁就是一座山谷，山谷上有一片比較平坦一點的小草地。

而那小草地中央，就站著一個人影。

因為光線比較昏暗的關係，兩人一直到踏入小草地才看到那個人影。

「曉潔，妳看。」最先看到人影的亞嵐抓著曉潔的手說。

曉潔將燈光照到那人影身上，從背影看起來，似乎真的是那個失蹤的學長林家恆。

林家恆背對著兩人，似乎還沒察覺到她們。

看到林家恆的背影，曉潔有點傻眼了，她非常確定眼前的人就是她們正在尋找的對象，因為隨著風飄過來的是一股淡淡的異味，就跟當初她在墳墓時所聞到的味道一樣。

不過真正讓曉潔有點傻眼的地方，並不是用口訣真的找到人這件事情，更不是找到人之後，幾乎可以確定他真的被鬼上身了這件事情，而是……曉潔完全忘記了，「找到」只是第一階段。

接下來得要面對這個被鬼上身的學長，才是真正的問題啊。

不行，要先想辦法躲起來，現在跟他正面衝突，絕對不是好主意。

曉潔拉著亞嵐的手，正準備向後退回樹林的時候，林家恆緩緩地轉過頭來。

曉潔非常清楚，自己跟亞嵐已經來不及躲了。

「別看他的眼睛，盡量不要出聲。」曉潔小聲地對亞嵐說。

從語氣聽起來好像很平靜，但是曉潔的額頭卻冒出了冷汗。

草原中央的林家恆這時已經轉過頭來，雙眼直直盯著兩人。

雙手空空，就這樣暴露在具有威脅性的靈體前，真的是最愚蠢的一件事情了。

2

如果再給曉潔一次機會，這次她肯定會相信口訣，不會那麼心急地行動。

尤其是在找到人之後，她一定會非常小心謹慎地找個好位置，然後細細觀察一下他的行動。

如此一來，她就有機會在對方沒有發覺的情況之下觀察對方，在確保安全的情況之下想辦法看能不能判斷出對方是哪種靈體。

絕對不是像現在這樣暴露自己的行蹤，然後在完全沒有半點準備之下面對對方。

不過現在後悔也來不及了，目前也只能想辦法先讓兩人全身而退再說。

在深刻了解了自己所犯下的錯誤之後，曉潔並沒有慌亂。

打從吃土的情況來看，對方應該是妖。

至於是哪種妖，雖然曉潔還不清楚，不過大體上只要不驚動對方，目前應該還沒什麼危險。

只要不要對上眼，不出聲音驚動到對方，或許還有點機會。

相反的如果在這邊驚動、激怒到對方的話，很可能就是沒見血沒辦法收場的情況了。

在還沒有辨別出對方到底是何方神聖的情況之下，絕不輕易出手，這就是鍾馗派的第一守則。

亞嵐照著曉潔所說的，死命盯著眼前的草地，不敢看向林家恆。

「絕對不要激怒他。」曉潔用只有亞嵐可以聽到的聲音對她說：「現在的他還搞不清楚狀況，只要不要激怒他，我們就有機會了。」

「怎麼樣會激怒他？」亞嵐用幾乎只有氣音的聲音反問。

「跟動物一樣，動作太大或者聲音太大，都有可能會激怒他。」曉潔輕聲地說：「所以不要亂動，不要發出聲音。」

林家恆緩緩地朝兩人靠近，曉潔抓緊亞嵐的手，兩人完全沒有任何一點動作。

林家恆一步步慢慢靠近，在幾乎快要貼到兩人身上的時候，鼻頭真的彷彿動物在聞東西一樣，一縮一放地在兩人面前嗅著氣味。

亞嵐感覺到極度的恐懼，因為眼前這樣的情況，就跟自己非常喜歡的那部經典殭屍片《暫時停止呼吸》一樣。

記得電影中飾演道長的林正英與弟子錢小豪在牢房前面，就是像現在這樣完全不敢有半點動作，任憑殭屍在他們面前移來移去。

差別只在電影裡面他們必須要閉氣，現實生活中的她們兩個可以呼吸，但是不能亂動、隨便發出聲音。

林家恆嗅著她們的每一秒鐘，感覺都像是一分鐘那麼久，曉潔一直抓著亞嵐的手，死命地注意著林家恆的一舉一動，不過就連曉潔都很懷疑，在這樣的零距離之下，如果林家恆有什麼不對的舉動，即便自己已經嚴加提防，恐怕也沒辦法阻止。

幸運的是，林家恆在聞了一會之後，似乎已經不把兩人當成敵人。

好不容易挨過了最難熬的時刻，林家恆向後退了一步，曉潔心中不過暫時鬆了一口氣，這時卻發生了一件完全出乎曉潔意料的事情。

兩人的身後突然傳來一陣叫聲。

「家恆？」

不需要回頭，曉潔也認出聲音的主人了。

真的是最糟糕的人出現在最糟糕的時刻。

來的不是別人，正是詹祐儒與林家恆的女友許瑤姍。

兩人才剛穿出森林就看到了林家恆，當然也看到了曉潔與亞嵐。

「又是妳！」一看清楚在林家恆面前的人正是曉潔，許瑤姍立刻激動地叫道：「妳這臭婊子又想幹嘛？」

這一聲不要說嚇到林家恆了，就連一旁的亞嵐也嚇了一跳。

面前的林家恆一愣，下一秒鐘向前一步張大了嘴，直接朝著亞嵐的脖子用力咬去。

在許瑤姍叫罵的同時，早就知道一定會驚動林家恆的曉潔，是唯一在這場急襲之中有所反應的人。

她一手推開亞嵐，另外一腳朝著林家恆的腹部踹過去。

曉潔的即時反應，讓林家恆的這一咬咬空了，咬空的兩排牙齒互相撞擊發出咖的一聲聲響，可以想見剛剛那一咬的力道有多大。

雖然救了亞嵐，但曉潔卻完全開心不起來，許瑤姍的那一叫，很可能引發出一場沒有辦法挽回的悲劇。

「從辨識到收拾，」阿吉的話在曉潔的腦海中響起：「每個步驟只要有些許差錯，一百零八種靈體隨便一種都有可能會讓妳丟了小命。永遠不要忘記這一點！」

曉潔非常清楚，現在情況非常凶險，而且剛剛那一踹，只會讓林家恆徹底抓狂而已。

果然，被踹開的林家恆，退了兩步之後，立刻再朝曉潔撲過來，嘴裡也發出不屬於人類能發出的咆哮聲。

這邊的曉潔當然也已經有準備，眼看林家恆撲過來，立刻使出此時此刻唯一可能跟林家恆對抗的武器——魁星七式來對付林家恆。

不安、擔心、憤怒，在聽到了自己的男友沒有回來之後，這些情緒就一直在許瑤姍的胸口糾結。

她把這一切都歸咎在這個她認定是個自以為漂亮、有強烈公主病而且個性非常討人厭的學妹葉曉潔身上。

不過對許瑤姍來說，最重要的還是林家恆的安全。

因此她強壓下了想要狠狠教訓葉曉潔的心情，跟著詹祐儒一起離開營區，去找尋自己的男友。

他們跟著先前看到自己男友的同學們來到了目擊地點，但卻已經不見林家恆的蹤跡。

因此他們與那對同學分頭，繼續搜尋著林家恆的影蹤。

詹祐儒與許瑤姍走上一條偏僻的路，找了一陣子之後，就來到了這個地方。

只是想不到的是，除了林家恆之外，他們也看到了那個最該死的學妹。

誰知道下一秒鐘看到的，竟然是葉曉潔踹林家恆的畫面。

許瑤姍簡直不敢相信自己的眼睛，雖然早就認為這女人囂張，但是不知道她竟然可以囂張到這種地步，膽敢動手打林家恆。

這讓許瑤姍失去了理智，完全無視實際上根本就是林家恆撲向葉曉潔的這個事實。

而就在許瑤姍瞪大雙眼，不敢相信有人竟然可以囂張到這種地步的時候，林家恆又再度撲向曉潔。

曉潔幾乎可以說是反射性地使出了魁星七式，一腳正中不顧一切撲向自己的林家恆胸口。

魁星七式對妖魔鬼怪有出奇的功效，就算是鬼上身的鬼魂也有很大的效果，雖然殺傷力可能不大，但痛楚卻不是一般人能想像的。

只見林家恆又被打退，摀著胸口萬分痛苦的模樣，讓一旁許瑤姍心中的怒氣彷彿炸彈一樣被引爆了。

「今天我不打死妳！我跟妳姓！」許瑤姍咆哮道。

在一旁的詹祐儒當然知道許瑤姍的個性，比起怒火中燒失去一切判斷力的許瑤姍，詹祐儒眼中看到的是一個真的被鬼上身失去理智的林家恆，而接連幾次下來，都是林家恆主動攻擊曉潔，曉潔這邊只是單方面的自我防衛。

眼看許瑤姍朝曉潔衝過去，而曉潔似乎還渾然不知，只專注於林家恆的身上，詹祐儒想勸許瑤姍冷靜一點，阻止許瑤姍出手，但是才剛說了一個「冷」字，許瑤姍就已經衝到曉潔身後，一把狠狠地抓住了曉潔的頭髮。

雙眼一直緊盯著林家恆的曉潔，在擊退林家恆，慶幸自己還有魁星七式可以稍微與他對抗的時候，突然頭部傳來一陣激烈的劇痛，讓她嚇了好大一跳。

從後面來的襲擊又快又狠，曉潔幾乎來不及反應，甚至連腦海裡面也一片空白，第一個躍進曉潔腦海裡的想法是被鬼上身的人竟然不止一個？

被偷襲的曉潔完全失去了抵抗能力，頭髮被人扯住甩動，痛到曉潔完全說不出話來，耳邊只聽到亞嵐與詹祐儒的叫聲。

「住手！別這樣！」

「冷靜點！么三，事情不是妳想的那樣！」

聽到兩人的叫聲，曉潔才終於回過神來，了解到這背後的襲擊是怎麼回事。

在這一陣拉扯之中，曉潔仍然想辦法盯緊林家恆，因為如果這時候林家恆也過來加入戰局的話，情況恐怕會非常糟糕。

不幸中的大幸是，就連鬼上身的林家恆也被這突如其來的舉動給嚇到，緊緊盯著拉扯中的兩人。

一時之間，曉潔還真搞不清楚，到底哪個才是鬼上身的人。

這當真是曉潔這輩子沒有想過的情況，自己同時得要面對一個鬼上身的人跟一個已經完全失去理智的瘋子。

而且說不定對曉潔來說，許瑤姍還比較難對付，畢竟她只有學過降魔伏妖的方法，沒有人教過她要怎麼應對瘋婆子。

雖然詹祐儒與亞嵐都上前想要制止，可是卻完全沒有辦法拉開兩人。

詹祐儒從後面抱住許瑤姍想把她拉開，亞嵐則拚命抓著許瑤姍的手要她放手。

一時之間，四人糾纏在一起，反而是林家恆成了這場鬧劇唯一的觀眾。

不過這情況沒有持續很久，就在四人還難分難解之際，林家恆決定加入這場亂鬥。

對林家恆來說，這四個人都是威脅，做出了這樣的判斷之後，他立刻衝過去。

林家恆朝四人中央跳過去，用力一拳打在許瑤姍的手上。

已經殺紅了眼的許瑤姍根本不知道是誰打的，只知道手上傳來陣痛，無法忍受只好放手。

這一放之下，四人立刻分開，許瑤姍在詹祐儒的拉動之下，向旁邊退去，而好不容易脫困的曉潔，也跟著亞嵐一起退到另外一邊。

兩組人馬之間站著的不是別人，正是林家恆。

好不容易將許瑤姍給拉開，擔心她又有衝動的行為，詹祐儒索性從後面一個熊抱，連許瑤姍的手也一起抱住，不再讓她隨便往前衝。

而突然被人分開的許瑤姍當然很不甘心，立刻又想要上前去給曉潔好看，誰知道竟突然被詹祐儒一把抱住，動彈不得。

「放開我！祐儒！」許瑤姍叫道：「我今天一定要讓這婊子好看！」

這時許瑤姍看向曉潔那邊，看到了站在四人中間的林家恆。

「家恆！」許瑤姍立刻對林家恆叫道：「揍她！不要怕！連我的份一起揍！」

一直到現在，許瑤姍仍然認為林家恆之所以沒有回營，完全是因為被葉曉潔臭罵一頓所致，根本就不是什麼大家說的鬼上身。

在被林家恆分開的四人之中，此刻只有許瑤姍仍然放聲大吼大叫。

在這種情況之下，按照鬼上身的習性，林家恆的目標很明顯只會降臨在一個人的身上。

林家恆轉過身來，二話不說跳向許瑤姍，接著在許瑤姍還完全搞不清狀況之下，啪的一聲，一個猛力的耳光就這樣打在許瑤姍的臉上。

原本還以為男友會跟自己一起聯手教訓這個學妹，想不到林家恆上來竟然是給自己一個耳光。

這耳光不但在許瑤姍臉上留下一個通紅的掌印，更打斷了許瑤姍僅存的一點理智。

在許瑤姍的腦海裡，這只代表一件事情。

「你打我？」許瑤姍雙眼瞪大到眼珠都快要掉出來了：「你竟然為了這女人打我耳光？」

這是許瑤姍所能理解的最佳理由。

「啊？」其他三人異口同聲地張大嘴巴。

「我跟你拚了！」許瑤姍咆哮道。

接著下一秒鐘，即便詹祐儒已經死命地扣著許瑤姍，但是怒火已經徹底爆開的許瑤姍，雙手一撐就將詹祐儒環抱的手震開，不要命地朝著林家恆撲過去。

兩人立時扭打成一團。

這個演變完全超過了在場其他三人的想像之外，原本還陷入兩人一起對付曉潔的情況，卻瞬間轉變成情侶的扭打。

感覺就好像被人背叛的許瑤姍，完全失去了理智，撲倒了林家恆之後，拚命用拳頭毆打林家恆。

「你怎麼可以這樣對我！」許瑤姍咆哮著：「憑什麼這樣對我！」

當然被鬼上身的林家恆不可能回答她的問題，也因此讓許瑤姍更加激動。

不過此刻的林家恆也不是好惹的，連續被打了幾拳之後，林家恆變得更加暴躁，腰部一挺，將許瑤姍從身上頂開之後展開了反擊。

好不容易才先後擺脫了林家恆與許瑤姍這對情侶，曉潔終於有機會稍微喘口氣，頭部還傳來陣陣的痛楚，這是被許瑤姍死命扯著頭髮之後留下的疼痛。

雖然很想一走了之，但是曉潔非常清楚現在絕對不是鬧脾氣的時候，因為趁著這個空檔，以及兩人正在纏鬥的現在，是最好可以從旁觀察的機會。

以許瑤姍的凶悍，一時之間竟然還佔有上風，不過曉潔知道這樣的情況不會持續太久。

看了一會之後，配合著口訣，曉潔才發現要準確地分辨出是哪種靈體，其實才是真正困難的地方。

當然，曉潔腦海裡面浮現了幾個可能性，接著一個很重要的問題也跟著浮現在心頭。

一想到這個很重要的問題，曉潔整個人就彷彿被雷打到一樣，愣在原地。

糟糕了……

一直到現在，曉潔才想起一個更關鍵的問題。

那就是不管是哪種靈體，自己都不可能照著口訣來解決眼前的危機。

因為……她手邊根本沒有半點能用的法器！

3

在鍾馗所遺留下來的口訣之中，除了將靈體分為一百零八種之外，每一種靈體的特性與作祟之後的情況，都有著非常詳細的描述。

至於解決之道，口訣本身也提供了一個最基本，且最萬無一失的辦法。

只是這些辦法，幾乎都需要擁有適當的法器。

如果沒有這些法器，就無法照著口訣上面所說的辦法去解決。

但是因為口訣中擁有許多對於靈體的描述，所以其中不乏有些辦法其實就藏在字裡行間。

運用這些潛藏的辦法來進行降魔伏妖，就是所謂的「別道」。

一般來說，像呂偉道長那種修行極高，經驗也極為豐富的道長，才有可能進行這樣的方法來收伏鬼魂，絕對不是像曉潔這種連道士都還稱不上，經驗也接近零的小姑娘可以進行的。

不過，那只是一般的情況，對曉潔來說，她的腦海之中還有另外一份口訣，這個是呂偉道長為了補足口訣的缺漏，特別以自己的實務經驗研發出來的新口訣。

這些口訣多半包含了許多被稱為「別道」的方法，其中不只融合了呂偉道長自己的經驗，還有許多從鄉野傳說中產生出來的方法，在經過了呂偉道長驗證之後，正確的留下來化為口訣，錯誤的則予以剔除。

將這些別道口訣化，然後讓值得信賴的人流傳下去，這就是打從一開始呂偉道長與他的弟子阿吉，一生最大的志願。

而繼承這份志願與口訣的人，正是葉曉潔。

在缺乏法器與其他任何可以幫助解決眼前狀況的此刻，如果想要就地解決這個燙手山芋，勢必得要用到這份由呂偉道長所遺留下來的口訣。

比起鍾馗所流傳下來的口訣，呂偉道長的雖然不盡詳細，也沒有什麼太多的歸類，但是整體來說，裡面還是擁有許多可以用來對付鬼魂的東西。

曉潔腦海裡面拚命地搜尋著有什麼東西，可以在這個時候派上用場，哪怕只有一點點用途，現在都值得嘗試。

這時，曉潔想到了那座美麗的湖泊，就是他們在試膽大會路上看到的那座湖泊，印象中當時有在湖泊旁邊看到許多柳樹。

如果是這樣的話……

不過，現在她也不能丟下正扭打得火熱的這對情侶去湖邊摘一些柳條來用。

但是那些柳枝、柳條可以說是目前曉潔最佳的希望，因此她將目光投射到在場另外兩人身上。

這裡一來與湖泊的距離說近不近，說遠不遠，加上現在月黑風高，叫亞嵐一個女生獨自去湖邊採柳枝，好像不是很好，而且還有路況不熟恐怕會迷路的風險。

可是……曉潔看了看自己宛如明星般，受人景仰的直屬學長詹祐儒，不知道為什麼，即便有再多的豐功偉業，她還是覺得這個男人不是很可靠。

但是至少詹祐儒對這一帶比較了解，又是整起事件的始作俑者，也不用擔心他中途落跑，畢竟這麼做的話有損形象，因此怎麼看都還是他比較合適接下這樣的任務。

決定好人選之後，曉潔不再猶豫，快步走到詹祐儒面前。

「……學長，」曉潔扭了一下頭才勉強擠出這樣的稱呼：「你也看到現在的情況了，不管你相不相信，但是我可以直接告訴你，那個學長是真的被鬼上身了。如果你還想救他，就幫我做一件事情。可以嗎？」

詹祐儒有點猶豫，不過最後還是點了點頭。

「你記得那座幻夢湖嗎？」曉潔指著湖的方向說：「我記得那座湖邊有些柳樹，你去幫我摘一些柳枝來。快點！」

「為什麼要摘柳枝？」詹祐儒問：「柳枝有什麼用途嗎？」

「我現在沒辦法解釋那麼多，」曉潔催促著詹祐儒：「快點，如果太晚可能就來不及了。」

「這……」詹祐儒一臉不太願意的模樣：「這……」

「還是我跟亞嵐去，你留下來？」曉潔比了比正在扭打的情侶說：「他們不好對付喔。」

「不要。」詹祐儒猛力地搖了搖頭。

「那就快去啊！」曉潔叫道。

「喔，好。」詹祐儒這才轉身，朝著湖的方向跑去。

沒什麼意外的話，以距離來估計，詹祐儒來回應該花不到十分鐘。

畢竟兩地之間距離不算太遠，加上中間沒有什麼地勢阻礙，理論上應該直線來回就可以了。

在確定詹祐儒已經出發之後，曉潔再度轉過來看著扭打中的那一對情侶。

就目前的情況看起來，出乎曉潔意料之外的是，許瑤姍這邊竟然還是跟林家恆處於勢均力敵的態勢。

從許瑤姍兇悍的程度看起來，這對情侶平常相處的模式，應該一直都是許瑤姍比較強勢吧？

而且從目前雙方的情勢看起來，許瑤姍應該還罩得住。

不過當然不可能一直這樣下去，尤其是目前許瑤姍之所以還可以 Hold 得住，完全是因為過去對林家恆的刻板印象，有自己絕對可以壓制他的自信才產生出的優勢。

問題是這樣的優勢終究會消失，尤其林家恆體內的鬼魂，在越來越能夠掌控林家恆的肉體之後，動作也會越來越快。

這是一邊會越來越無力，另外一邊會越來越強悍的戰鬥，情勢反轉是不可避免的局面。

也因此關鍵就在介入的時間點，如果太早介入，恐怕不管是哪一方，兩人都會很難對付。

但是如果可以等到一邊體力逐漸不支，另一邊又還沒崛起，或許就是最好的時機。

曉潔將這樣的想法告訴了旁邊的亞嵐，接著兩人便在一旁監視著這對情侶，希望他們可以藉由這樣的互鬥削弱彼此。

曉潔也可以藉此從旁好好觀察林家恆的舉動，看看能不能順利判斷出佔據林家恆肉體的，究竟是哪一種靈體。

到目前為止，從林家恆的動作跟行為模式，曉潔大概可以鎖定在其中一個靈體的種類，就是妖。

然而確定了這個種類之後，反而讓曉潔感到有點困惑。

為什麼會是妖？

先前聽到林家恆在吃土時，曉潔並沒有想過，但現在想起來還真的是挺弔詭的。

林家恆會被鬼上身，按理說應該就是跟褻瀆了那個墳墓有關，雖然墓碑上的字已經看不清楚，不過大抵上來說，應該是埋人的墳墓，既然這樣的話，為什麼會是妖呢？

難道說那座墳墓埋的是動物？

還是說跟當年高二發生的那件事一樣，這是個有寵物一起埋葬的墳墓？

雖然裡面埋了什麼不是重點，但這的確跟曉潔判斷眼前這個靈體有很大的關聯，因為如果在靈體的判斷上出了錯，就算是曉潔的師父阿吉，都可能會陷入困境，更何況是曉潔。

從剛剛到現在，林家恆也不曾說過什麼話，有的只是一些咆哮與哀號聲。

無言、吃土，這些都是上人身之後，妖的特性。

妖想要跟人一樣開口說話，必須成精，那是要經過很長一段時間的修行，因此一般來說遇到的機會並不高。

而且從許瑤姍可以跟他打得難分難解的情況看起來，應該也不是什麼太凶狠的靈體才對。

想起當年在台南五夫人廟的時候，那個凶狠的靈體光是一拳就可以讓人脫臼，相較之下眼前這個應該算是很弱的靈體才對。

但是，再弱的靈體都有取人性命的能力，現在最重要的還是要想辦法對付。

就在曉潔這麼想的同時，扭打的情侶有了點變化，原本大部分時間都佔有上風的許瑤姍，這時逆轉過來，反而被林家恆壓在地上。

曉潔知道，不管時機對不對，現在都得動手了，不然到時候許瑤姍會有危險。

「不行了，我們該動手了。」曉潔轉過頭來對著亞嵐說：「我們兩個必須一人抓一個，我去把學長拉開，妳抓住學姊，先把他們兩個分開再說。」

「我怕我抓不住。」亞嵐面露難色。

當然，不只有亞嵐，曉潔也沒把握一定可以抓得住林家恆，不過總不能看他們兩個這樣廝殺下去吧。

「沒辦法，也只能試試看了。」曉潔說。

曉潔與亞嵐硬著頭皮走到兩人後面，然後在曉潔的指示下，她率先從後面一把抱住林家恆，然後向後一拖，硬是將林家恆從許瑤姍身上拖開。

林家恆到底哪來的那個力量，竟然可以這樣跟自己扭打在一起？

其實在被林家恆壓在下面的時候，許瑤姍曾經這樣訝異地想過，不過當林家恆被拖走之後，這樣的想法又再度消失，取而代之的仍然是那股今晚累積的怒氣。

亞嵐抓住許瑤姍的手，看起來像是要把她扶起來，但實際上也是為了抓住她，不讓她又直接衝出去打人。

誰知道許瑤姍才剛站起來，雙眼看到的竟然是曉潔跟林家恆兩人抱在一起的畫面。

「媽的！」許瑤姍這下真的氣到都哭出來了：「你們這對狗男女，就這麼飢渴嗎？一定要在我面前這樣摟摟抱抱！」

聽到許瑤姍這樣罵，亞嵐不敢大意，立刻改用抱的從後面抱住許瑤姍的腰部。

「我今天就要跟你同歸於盡！」許瑤姍哭著咆哮。

一個連命都不要的瘋子，根本已經跟鬼上身沒什麼兩樣了。

因此即便亞嵐在後面抱住，許瑤姍用拖的還是朝林家恆與曉潔這邊而來。

至於曉潔這邊，好不容易才抓住林家恆，但是林家恆的反抗力道比曉潔想像的還大，即便曉潔從後面扣住他的雙手，林家恆的雙腳還是可以亂踢、跳動。

這時眼看許瑤姍過來，林家恆整個人跳起來，雙腳就這樣直直踢中了許瑤姍的臉。

這一下用足了力道，許瑤姍整個人被踢了向後一仰，而為了抱住許瑤姍腰部，將重心放低的亞嵐，反而形成一個支點，許瑤姍後仰越過了亞嵐的頭頂，整個人在空中翻了一圈之後，重重地摔在地上。

亞嵐整個看傻了眼，許瑤姍動也不動地倒在地上，讓她一時之間完全不知道該怎麼辦。

「幫我！」

剛剛那一踢之下，才讓曉潔有機會將林家恆弄倒在地上，但是曉潔也只能壓制住他的上半身，因此趕緊叫亞嵐來支援。

亞嵐一聽愣了一會之後，衝過去抱住了林家恆的腳。

就這樣曉潔在前面整個壓制住林家恆的上半身，亞嵐則整個人壓在林家恆的下半身，雙手緊緊夾住林家恆的雙腳。

整體來說，還算是壓制住了林家恆，但也只是勉強控制住而已。

「他力量好大……」死命抱住林家恆雙腳的亞嵐痛苦地說：「接下來該怎麼辦？」

曉潔沒有回答，因為她非常清楚，這絕對不是長遠之計。

被鬼上身的人體力可是遠遠勝過一般人，到時候只怕兩人累死，林家恆還是一樣活蹦亂跳。

然而曉潔一時之間也想不到更好的辦法。

「……現在是什麼情況？」一個聲音從旁邊傳來，讓曉潔跟亞嵐兩人立刻仰起臉來看。

只見詹祐儒手上抱著一大捆的樹枝站在一旁，完全不知道怎麼情況又變成了兩人跟林家恆抱在一起，而許瑤姍則躺在旁邊好像暈死了一樣。

「謝天謝地，你終於回來了。」曉潔都快要哭了。

「我不知道哪個是柳樹，」詹祐儒扭扭捏捏地說：「所以就把湖邊的樹枝大概都摘了一些回來。」

天啊，這到底是什麼不幸的情況啊！

曉潔在內心吶喊著，不過此時此刻似乎也沒有時間管那麼多了。

「快點，」曉潔痛苦地說：「拿一根柳枝過來。」

詹祐儒慢條斯理地將手上那一捆樹枝都放在地上，然後從裡面挑了一支出來問曉潔：「這根是嗎？」

林家恆那股蠻力越來越大，不要說曉潔了，就連壓制下半身的亞嵐都已經覺得全身骨頭快要被林家恆給撐開了，那個學長竟然還在那邊拖拖拉拉，讓兩人都有種想要掐死詹祐儒的感覺。

「對！就是那根！」

雖然曉潔大概知道柳樹、柳枝長怎樣，但到了緊要關頭其實也不是那麼有把握，更不知道效果如何，不過反正抽下去就知道了，何必糾結呢？

詹祐儒拿著一根柳枝站到三人身旁。

「快點，」曉潔叫道：「用柳枝打他。」

「啊？」詹祐儒張大了嘴，對曉潔的這個要求有點訝異。

曉潔的手已經開始痠麻甚至失去知覺了，如果再拖下去，林家恆要是掙扎開來就糟了。

詹祐儒拿著柳枝站在一旁，臉上浮現出猶豫的表情。

「抽他啊！」曉潔叫道：「快點！用柳枝打他！」

「這……」詹祐儒看著柳枝一臉尷尬地說：「學妹，或許這不是個很好的時機提起這件事情……」

「啊？」曉潔跟亞嵐兩人都是一臉「你現在又怎麼了」的表情。情況都已經那麼緊急了，這傢伙還在那邊欲言又止啥啊？

「但是，」詹祐儒抿著嘴點了點頭說：「或許現在反而是最正確的時候，說出我個人的立場跟想法。我希望妳能了解，我反對任何形式的暴力。」

「你是在跟我開玩笑嗎？」曉潔叫道。

「不，」詹祐儒皺著眉頭說：「就是在這種時候，妳能夠堅持下去，才是真正可以做到的事情，因此我還是必須表明我個人的立場，我反對任何形式的暴力。」

「天啊！」這時就連亞嵐都受不了了，大聲對曉潔說：「我們會被他害死！」

「你再不動手！」曉潔瞪著詹祐儒說：「我們大家都會因為這樣被你害死！你這才是真正的暴力！」

「……好啦。」面對兩個學妹的憤怒，詹祐儒勉強地說：「打就打。」走到林家恆的身邊，詹祐儒一臉愧疚地對林家恆說：「不好意思啊，家恆，是她們逼我動手的。」

「快打！」曉潔感覺已經快到極限了。

詹祐儒高高舉起柳枝，用力朝著林家恆的屁股揮去，但是在碰到林家恆的屁股前，又心軟停了下來。

「搞什麼！」

曉潔簡直快要氣呆了，如果現在柳枝在她手上，她肯定毫不留情給林家恆來個三鞭，順便也給詹祐儒幾鞭。

這男的也真的是太龜毛了！

「打！」

或許是看到兩個壓制在林家恆身上的學妹們眼中所蘊含的怒火與殺氣，詹祐儒只好硬著頭皮，動了一下自己手上的柳枝，在林家恆的屁股上輕輕地打了一下，那力道簡直就比一般人開玩笑的打還要小力，根本就只是碰一下，還稱不上是打。

力道雖小，但柳枝終究是柳枝，對鬼魂來說光是碰到就不得了了。

因此在詹祐儒這一打之下，林家恆口中突然發出一陣淒厲的怒號，身體跟著一扭，力道之大瞬間讓壓在他身上的亞嵐與曉潔整個都歪掉，接著林家恆用力一挺，兩人就這樣被彈開來。

眼看林家恆突然彷彿抓狂般將兩個學妹給震開，詹祐儒也嚇了一跳，畢竟這一切就是在他輕輕打了林家恆一下之後產生的結果。

詹祐儒立刻丟掉手上的柳枝，轉身就想逃。

林家恆從地上彈跳起來，目標當然鎖定在這個剛剛用柳枝抽打自己的男人身上。

林家恆朝詹祐儒一跳，跳到詹祐儒的背上，雙手一抓就緊緊扯住了詹祐儒的頭髮，雙腳也跟著踏在詹祐儒的腰上，整個人就這樣騎在詹祐儒的身上。

「嗚啊！」頭髮被扯住的詹祐儒痛到哀號大叫：「我的頭髮！痛啊！放手！放手啊！」

林家恆怎麼可能真的聽話放手，他的雙手緊緊地抓著詹祐儒的頭髮完全不肯放，詹祐儒用手想要抓開林家恆的手，但是完全扳不動，腰部又被踩著，詹祐儒努力轉動身體，想要把他甩開，但是林家恆卻彷彿西部驃悍的牛仔般，在這樣的搖晃之下，仍然騎在詹祐儒的身上。

那模樣十分詭異，但是亞嵐竟然有似曾相識的感覺。

亞嵐記得幾年前，自己跟哥哥非常瘋狂地喜歡玩一款叫做《惡靈勢力》（Left 4 Dead）的遊戲。遊戲裡面有各種殭屍，其中又屬變種殭屍特別強悍，而變種殭屍之中，有一種叫做「騎士」（Jockey）的殭屍會騎在生還者的頭上，看起來就跟現在的詹祐儒與林家恆的情況有點相似。

另外一邊的曉潔可不比詹祐儒那樣龜毛又沒用，被甩開之後，立刻爬起來，從地上撿起詹祐儒剛剛丟掉的柳枝，衝到兩人身邊。

「不要動！」

曉潔大喝一聲，接著對準了詹祐儒背後的林家恆，往他的屁股猛力一抽。

詹祐儒聽是聽到了，但踩在他的腰上、抓著他頭髮的林家恆向右一扯，頭皮吃痛之下，詹祐儒立刻跟著轉身，就好像一匹已經被馴服的馬一樣。

這一轉身，柳枝就剛好抽打在詹祐儒的胸口。

呼啪的一聲巨響，讓亞嵐看了不禁一臉像是吃了酸梅一樣，縮成一圈幫詹祐儒喊痛。

曉潔這一下力道之大，就連柳枝都被打斷了。

「不是叫你不要動？」曉潔氣惱地說。

但是詹祐儒哪有力辯解，曉潔的這一抽已經讓詹祐儒痛到眼淚都飆出來了。

在零體罰的政策之下，加上一路風平浪靜地升到了大學，從來都不曾被人打過的詹祐儒，腦海中不記得自己有那麼痛過。

眼看一擊不中，讓曉潔有點氣腦，立刻轉身跑到那捆樹枝堆中，挑出一根柳枝，立刻再跑到詹祐儒與林家恆身邊，猛力又是一抽。

結果在林家恆的操弄之下，詹祐儒又在錯誤的時間點突然轉身，這一抽又抽在詹祐儒的身上，柳枝也再次應聲而斷。

「學妹，」詹祐儒臉上還流著淚水叫道：「妳是故意的吧？」

曉潔不願意放棄，立刻衝回去又拿了一根柳枝，而詹祐儒也又再度為林家恆擋住了一下。

一連用足力道抽了三下，全部都打在詹祐儒的身上。

詹祐儒痛到眼淚狂飆，連鼻涕都流出來了。

「住手！」詹祐儒哭喪著臉說：「不要打了！拜託妳，學妹，跟我媽說，我愛她。我死定了，不要救我了。就算他沒弄死我，我光打都被妳打死了。」

「所以我不是叫你不要動嗎？」曉潔無奈萬分地說。

詹祐儒背上的林家恆，看到這一幕「嘿嘿嘿嘿……」地笑著，就好像在看一場直屬學長跟學妹廝殺的好戲一樣。

曉潔看到心裡有氣，一轉身又跑去樹枝堆。

「不要啊！」詹祐儒比林家恆還快求饒，轉身就想要跑。

曉潔這一次拿起兩根柳條，指著詹祐儒與林家恆說：「我看你怎麼跑！」

詹祐儒當然不敢停留，轉身拔腿就跑，但身上終究還是騎著一個人，才跑幾步就被曉潔追上了。

「不要，學妹，求妳不要啊！」

「忍耐一下，」曉潔乾脆地說：「很快就過去了。」

「不！」

曉潔乾脆地舉起雙手，就好像日本傳奇劍豪宮本武藏一樣，雙手各拿一根柳枝，左右開弓，這下子不管怎麼轉都絕對可以抽到林家恆。

果然這一次，林家恆見狀知道不可能避得開，雙手一鬆，雙腳一蹬立刻跳開，兩根柳枝就這樣重重地打在詹祐儒身上。

但是這一下早就在曉潔的預料之中，雙手的柳枝打在詹祐儒身上應聲而斷，曉潔的手卻仍然緊緊握著斷掉的殘枝。

就算是上了人身的妖魔鬼怪，在空中也不可能改變路徑，這一抽本來就只是一場苦肉計，目的就是要逼林家恆跳開。

林家恆這一跳還懸在空中，成了最好的標靶，曉潔使盡全力將手上的柳枝朝還在空中的林家恆身上扔。

啪啪兩聲，兩根柳枝殘枝在空中準確地命中目標，林家恆口中立刻發出慘烈的哀號，一著地整個人就縮成一團。

眼看作戰成功，曉潔非常清楚現在正是將鬼魂從林家恆身上趕出來的最好機會。

「學長！」曉潔轉過頭對著詹祐儒叫道：「皮帶給我，快點。」

會這樣叫當然是因為曉潔先前就看到了詹祐儒有繫皮帶。

剛剛被曉潔最後一下打到還痛得跳來跳去的詹祐儒，完全愣住了。

一旁的亞嵐知道情況緊急，這時也顧不了那麼多，跑到詹祐儒的旁邊，作勢就要幫他脫皮帶。

「妳幹嘛？」臉上還有著一把鼻涕一把眼淚的詹祐儒，果然還在狀況外：「妳在幹嘛？耶？皮帶？好啦，我自己來。」

兩人手忙腳亂地脫下了皮帶之後，趕緊將皮帶丟給了曉潔。

曉潔接過皮帶，立刻衝向林家恆，這時林家恆正好準備要起身，又被曉潔給撲倒。

曉潔抓住他的腳，熟練地將皮帶朝林家恆的雙腳一繞，立刻將林家恆的腳給綁了起來。

曉潔動作之快，絕對不是詹祐儒所能比擬的，此時詹祐儒還在整理自己的褲子，曉潔已經綁好了林家恆的腳，並且用腳踩住了林家恆的上半身，手上的皮帶一提，將林家恆的腳給拉了起來。

「把他的鞋子跟襪子脫掉，」曉潔對著亞嵐與詹祐儒叫道：「快點！」

詹祐儒還沒有反應，亞嵐已經朝曉潔那邊跑過去，轉眼間就脫起了林家恆的鞋子。

對曉潔來說，此時此刻真的非常慶幸亞嵐有跟著自己來，不然光憑她一個人加上那個反應宛如恐龍，不管做什麼都要先愣一下，還要龜毛個半天的學長，肯定會遇到更多欲哭無淚的情況吧？

當詹祐儒開始動作，準備朝曉潔等人而去的時候，亞嵐已經脫掉了林家恆的鞋子。

「你不用過來了！」曉潔沒好氣地叫道：

「去那邊拿柳枝來。」

詹祐儒聽了又是一愣，然後才轉過身去從地上撿起柳枝。

「要把他身上的鬼魂逼出來，」曉潔對兩人解釋：「就要用柳枝打他的腳底板。」

「啊？」詹祐儒聽了張大嘴，一臉訝異。

這是什麼過時的處罰方法啊？

「鬼上身的關鍵，」曉潔繼續解釋：「最重要的就是腳底，所以只要用柳枝打腳底板，絕對可以把鬼魂逼出來。」

「為什麼要用柳枝？」亞嵐問。

「妳沒聽過嗎？」曉潔簡單說道：「俗話說『柳枝打鬼矮三寸』，柳枝被以前的一些道士拿來當作法器使用，對鬼魂本來就有一定的威力，加上我們如果打對地方，一定可以把鬼魂給逼出來。」

這時亞嵐好不容易把林家恆的襪子給脫下來，剛好詹祐儒也把柳枝拿來了。

曉潔非常清楚，如果把打腳底板的工作交給詹祐儒，他肯定又會在那邊龜毛半天，腳底下的林家恆掙扎也越來越大力了。

「亞……」曉潔才剛開口，一旁的亞嵐已經非常了解的一把將柳枝搶過來，二話不說就朝林家恆的腳底板抽去。

「嗚啊！」

林家恆發出了驚人的哀號之後，身體一軟，整個人就好像暈過去一樣，不再有任何掙扎。

「成……成功了嗎？」亞嵐一邊觀察一邊問道。

曉潔沉吟了一會之後，立刻轉過身來對兩人叫道：「大家趕快一隻腳離地！用單腳站立！快！」

詹祐儒與亞嵐聽到曉潔叫道，立刻照單全收，兩人趕緊抬起一隻腳，曉潔這邊也很快地單腳站立。

「十分鐘左右，」曉潔對兩人說：「只要鬼魂在原宿主附近找不到任何人可以上身的話，應該就可以解決了。」

比起其他兩個人，曉潔因為過去一年多的時間，每天都有在練習魁星七式，裡面有許多類似魁星踢斗需要單腳站立的招式，因此單腳站立對曉潔來說，簡直比吃飯還容易。

但是另外兩個人就沒有那麼簡單了，只見詹祐儒搖搖晃晃的，感覺好像隨時都會倒地，一旁的亞嵐看到了，不得已只好抓著他，兩人就這樣一起勉強地保持著平衡。

「啊！」亞嵐突然想到什麼，叫了一聲說：「原宿主附近，不是還有一個人？」

這裡亞嵐說的正是剛剛被打暈在地上的許瑤姍。

「沒關係，」曉潔說：「只要她不要……」

就在曉潔這麼說的同時，三人一起轉過頭去看向原本應該躺在地上的許瑤姍，但許瑤姍此刻已經站起身來，並且用一臉狐疑的模樣瞪著三人。

「拜託！單腳離地！」曉潔立刻對許瑤姍叫道。

想不到許瑤姍竟然會在這個時候醒來，如果是在昏迷狀態，失去意識的情況下加上雙腳腳底板沒有著地，根本不會被當成上身的目標，但是現在她既然已經醒了，雙腳又扎實地踏在地上，當然很可能被當成目標。

但是曉潔也非常清楚，許瑤姍根本不可能會聽她的。

「你們在幹什麼？」許瑤姍一臉不悅地問。

「先別說這個，」曉潔非常無力地說：「相信我，單腳離地，快點！」

許瑤姍聽了，也跟兩人一樣將單腳舉起來。

剎那間，曉潔還以為自己的誠意真的打動了許瑤姍，內心立刻鬆了一口氣。

但是，打從一開始就對曉潔充滿各種誤解的許瑤姍，當然不可能乖乖聽話。

只見她原本舉起來的一隻腳，又緩緩地、故意地將腳放下去。

「妳以為我會聽妳的話嗎？」許瑤姍一臉怨恨地說：「妳……」

話才說一半，許瑤姍突然整個身體不由自主地抽了一下，然後頭向下一點。

曉潔痛苦地閉上了雙眼，腳也跟著緩緩地放了下來。

為什麼……為什麼都到了這個時候，還不願意聽她的話？

許瑤姍緩緩地仰起頭，嘴角勾勒出一抹邪惡的笑容。

曉潔非常清楚，漫長的這一夜，還完全看不到盡頭。

第4章・初生之犢

1

即便曉潔非常清楚，許瑤姍有非常多地方誤解了自己，但或許不全然是學姊的問題，在那些情況之下，的確有可能造成許多誤會，不過最後竟然演變到這種程度，這絕對不單純只有誤解的情緒而已。

畢竟，那麼多人都曾經不止一次要她冷靜一點，但她總是用自己的想法去認知所有的一切。

這就好像一個被害者的家屬，總是嫌警方、檢方抓到的凶嫌人數太少，即便有再多的證據，也沒辦法接受殺害自己親人的人，就只有一個人而已，彷彿只要跟犯人有親屬或者朋友關係，人人都是共犯一樣。

這種心情不難理解，但是當你自己成為被冤枉指控的人，情況就又完全不一樣了。

不管怎麼樣，許瑤姍就是要把自己男友撞鬼或失蹤的責任，強壓在曉潔的頭上，然後又把自己男友行為異常的原因，歸咎在曉潔的身上，總之千錯萬錯，就是這個叫做曉潔的錯。

而曉潔之所以有那麼多錯，完全出自於那張比許瑤姍還要好看的臉蛋。她認為有這樣長相的女人，多半都會利用男人，玩弄男人。

這樣的刻板印象，也造就出今天的悲劇。

然而事已至此，追究分析再多許瑤姍會誤解到這種程度的原因，似乎也沒有意義了。

看著被鬼上身的許瑤姍，曉潔有了這樣的想法。

在許瑤姍被鬼上身的時候，曉潔腦海裡面一直在自問自答，自己到底做錯哪一步，讓事情演變到如此的地步。自己是不是真的也讓情緒牽著鼻子走，導致一些可以好好解釋的場合，卻在怒火中錯過。

但是，曉潔卻沒有半點答案，只能眼睜睜看著這一切發生。

「該、該怎麼辦？」一旁的亞嵐問。

事情演變至今，就連曉潔真的都不知道該怎麼善終了。

因為一度被逼出來的鬼魂，如果再上人身，就很難趕出來了。

從結果來說，解決的辦法恐怕已經很有限了，因為剩下的很可能是最後，也是最糟糕的辦法。

那就是看許瑤姍體內的鬼魂跟許瑤姍的肉身，到底誰活得久……

此刻曉潔心中感到無比的不甘心與懊惱，因為從實際上交手的情況看起來，對方的實力並沒有很強悍，甚至恐怕是自己所見過最弱小的靈體。

畢竟高二那一年遇到的靈體幾乎都可以說是各靈體中的佼佼者，不管哪個靈體威力都可能在這個靈體的數倍之上。

弱雖弱，可是事情卻演變成今天這樣。

曉潔覺得有點懊惱，甚至有點自責。

為什麼還是讓最糟糕的情況發生了？

這對曉潔來說，恐怕是這一生最大的失敗。

鍾馗派那些犧牲的道士們，說不定隨便一個人來，都可以輕鬆解決掉這個傢伙，但自己光是把它逼出體外就已經搞得亂七八糟了，現在還讓它跑到第二個肉身上……

「沒辦法了，」曉潔痛苦地搖搖頭說：「我們不可能再把它逼出來了。」

完全不清楚事情的嚴重程度，亞嵐只能一臉不解地看著曉潔。

曉潔向兩人稍微解釋：「這情況就有如凶上加凶，險上加險，被趕出來的鬼魂又再次附身的結果，會比其他鬼上身的情況都還要嚴重很多。如果處理不好，很可能……她就死定了。」

曉潔停頓了一下才接著說：「最理想的方法就是把她綁起來，想辦法運下山，找間寺廟或道觀，總之就是可以處理的人，請他們用其他方法把它逼出來。不過這可能會需要很長的時間，短則好幾個月，長則幾年，而且能不能成功還不知道。」

「我不懂，」詹祐儒一臉困惑地說：「為什麼我們不能再一次用打腳底板的方法把鬼逼出來？」

「因為它受傷了，」曉潔沉著臉說：「如果我們把鬼上身想像成盜匪闖空門，在一般的情況下，闖空門的賊都會為自己留條生路，所以進跟出一樣容易，但是現在鬼魂已經受重傷，與其說闖空門，不如說他是逃入一間屋子裡，準備跟外面的敵人對抗，這時候他肯定會門窗緊閉，做好一切的防護。」

當然這些解釋，並不是曉潔自己的理解，而是當年阿吉告訴她的。

阿吉的經驗，恐怕是曉潔這輩子就算投身到道士的行列也不可能望其項背的。光是阿吉這輩子處理過的鬼，恐怕就比曉潔認識的人還要多，面對這類事情，曉潔最缺乏的就是實務經驗，因此阿吉的經驗傳承，對曉潔來說，恐怕跟口訣一樣重要。

「所以想要把它逼出來的方法，幾乎已經沒有了。」曉潔這麼下結論。

就算現在是在幺洞八廟裡，擁有一堆法器，曉潔恐怕也是束手無策。

「她為什麼一直站在那邊沒動……？」亞嵐雙眼緊緊盯著眼前的許瑤姍說。

的確，自從許瑤姍抬起頭並且有一抹詭異的微笑之後，她就一直佇立在那邊。

曉潔等三人也因為一時想不到辦法，一直不敢輕舉妄動。

雙方就這樣對峙對望，直到現在亞嵐提出了這問題，情況才有了改變。

許瑤姍突然開始拍打著自己的頭，接著抓扯自己的頭髮，不知道為什麼自虐了起來。

「這到底是怎麼回事？」亞嵐光看許瑤姍的模樣都覺得痛，皺著眉頭問：「我們該阻止她嗎？」

曉潔覺得不對勁，緩緩地搖了搖頭，不過到目前為止曉潔也不知道許瑤姍這突如其來的變化到底是怎麼回事。

不可能的……冷靜點……

曉潔非常清楚，自己腦袋裡面的那些口訣一定有答案，只是自己一時之間還不能判斷而已。

就在這時候，許瑤姍雙手突然握拳，仰頭長嘯了一聲，接著瞪大雙眼，瞪著曉潔等人。

不只有曉潔，就連一旁的亞嵐跟詹祐儒也發現情況不對勁了。

因為許瑤姍的雙眼充血，看起來就像有一對血紅的雙眼，而且渾身竟然開始散發出詭異的紫色煙霧。

看到許瑤姍的變化，曉潔立刻知道是怎麼回事了。

只是，知道是一回事，能夠反應又是一回事。

「紅眼……紫霧……性狂，」曉潔不自覺地渾身打著顫：「自蝕之兆也。」

當時阿吉的模樣也浮現在眼前。

「妳看這裡。」阿吉掀開自己的衣服，露出腹部的地方。

只見阿吉的左腹肌側，有三條爪痕般的傷疤，雖然痕跡已經淡到幾乎看不見了，但仔細看還是可以看到三條幾乎平行的抓痕留在皮膚上。

「這是我第一次遇到『鬼自蝕』的時候留下的傷痕，」阿吉對曉潔說：「一般來說，這種現象比較會出現在低階靈體身上，就好像我們鍾馗派常說的『狗急跳牆，鬼急自亡』。收鬼講究的就是快狠準，主要也是因為這個原因。如果沒辦法一舉將它收伏，把鬼逼到絕境，那就只是逼它跟我們同歸於盡而已。」

說到這裡，阿吉低頭看著，並且用手摸著自己腹部的那三道傷痕說：「這三道痕跡就是在告誡我，永遠不要在沒有準備好的情況之下嘗試收鬼。」

當時曉潔聽了也點點頭。

「所以我才每次都需要一點時間準備啊，」阿吉得意地笑著說：「那是有原因的。」

「一定要金光閃閃的原因嗎？」曉潔白了阿吉一眼。

一直到現在，曉潔才真的了解當時阿吉說的話有他的道理。

可惜的是，千金難買早知道，現在一切都太晚了。

「學姊怎麼會變成這樣？」一旁的亞嵐問。

「她想要以命換命，」曉潔沉著臉說：「那個被我們逼出來的鬼真的非常生氣，所以它準備用自己的靈當作力量，要跟我們拚個同歸於盡。這個現象就叫做鬼自蝕。」

「……所以我才說我反對任何形式的暴力嘛！」詹祐儒哭喪著臉說：「妳看……現在她火大了！」

「你去跟她說啊！」曉潔沒好氣地說：「……你們快逃。」

「啊？」亞嵐訝異地看著曉潔。

「快逃！」

「妳呢？」亞嵐問：「不一起走嗎？」

「我不能走。」曉潔簡單地說。

「為什麼？」

「快點啊！」曉潔急道。

「妳告訴我妳為什麼不能一起走？」

眼看亞嵐不得到一個答案似乎絕對不離開，曉潔頓了一會之後，轉過來看著亞嵐，一臉認真地說：「因為我……師父教過我……義無反顧。」

亞嵐聽到曉潔的答案，一時之間愣住了。

「好了，」詹祐儒在一旁說：「現在不是爭論的時候了，我們快走吧。」

詹祐儒就這樣拉著亞嵐，一步一步遠離曉潔。

在兩人離開之後，偌大的草原只剩下曉潔與許瑤姍，還有躺在地上已經沒有意識的林家恆。

此刻，一直不斷傷害著自己的許瑤姍緩緩地停了下來，臉上、手上以及其他身體各個地方，都可以看見被她自己抓傷的痕跡，到處都是血跡斑斑。

曉潔非常清楚，這絕對不是可以和平收場的情況。

有那麼一瞬間，曉潔腦海裡面閃過了那句話——千金之子不死於盜賊。

自己明明有那麼重要的責任，那麼沉重的重擔需要去完成，怎麼還會這樣暴露在危險之中呢？

但是如果自己別過頭去，任憑這一切發生的話，阿吉跟呂偉道長一定會很失望吧？

自己的後人竟然連他們唯一的訓誡都沒辦法做到。

而且讓她低頭的，竟然是這樣低等的靈體。

真是情何以堪啊。

到底自己這樣站出來，是對還是不對，曉潔完全不知道，她多麼希望現在自己身邊能有個像阿吉那樣的人在。

在面對這樣的危機時，曉潔意外地懷念阿吉。

不管有多麼危險，情況多麼險惡，似乎只要有他在，一切都不需要操心。

她只要……跟著阿吉就好了。

但是今天，她沒有了阿吉，更沒有任何可以幫助她的人。

真的……可以嗎？

就在曉潔心中浮現出這個問題的同時，許瑤姗大嘯一聲，朝著曉潔衝了過來。

好快！

原本兩人之間還有著十多公尺的距離，但是許瑤姗身影一閃，眨眼就已經在眼前。

曉潔立刻退一步，身子就好像有記憶一般，非常自然地就踢出一腳，一個魁星起手式就使了出來。

魁星起手，魁星七式的第一步，曾經有著重大的意義——鍾馗派正統傳人的最佳證明。可是如今鍾馗派已經失去泰半，幾乎可以算是全數凋零，似乎也已經沒有意義了。但是不管有沒有意義，魁星七式對鬼魂來說還是擁有極大的殺傷力。

曉潔這一下反應很快，因為早就已經有了心理準備。

鬼自蝕之後，上身的力量會突然變得很強大，但是只要守住一段時間，就有希望了。因為鬼自蝕本來就是鬼魂燃燒自己的靈魂來換取強大的力量。在這種情況之下，就算曉潔不攻擊鬼魂，鬼魂也會自取滅亡。

問題就在於，是誰先死了……

雖然曉潔反應很快，但是許瑤姍更快，在曉潔踢出那一腳的時候，許瑤姍向旁一避，避開這一腳的同時，也繞到了曉潔的側面，伸出手便朝曉潔的側面抓去。

曉潔從來沒有在自己一個人的情況之下，面對過這樣的鬼魂。

這是曉潔的第一次，但是不知道為什麼，看著許瑤姍朝自己抓來的手，曉潔有種這恐怕會是最後一次的覺悟。

2

詹祐儒與亞嵐剛離開來到湖邊，就聽到身後傳來了一陣淒厲的怒號。

兩人不約而同停下了腳步，回頭看著剛剛跑來的方向。

發出那陣怒號的當然不會是曉潔，一定是已經被鬼上身的許瑤姍。

情況果然就跟曉潔所說的一樣，許瑤姍變得比先前還要更加危險了嗎？

如果是這樣的話……

在湖邊的兩人有著同樣的想法，卻得到完全不同的結論。

如果是這樣的話，還好自己已經先離開了。詹祐儒這麼想。

如果是這樣的話，曉潔自己一個人……亞嵐心中這麼想。

兩人也因為結論不同，而有了完全不一樣的表情與動作。

詹祐儒臉上鬆了一口氣，亞嵐則是一臉擔憂，詹祐儒轉身就要離開，亞嵐卻沉著臉問道：「這樣好嗎？」

「啊？」詹祐儒停下腳步。

「我們真的要留曉潔一個人在那邊嗎？」亞嵐用手比了比曉潔的方向。

「留……」詹祐儒一臉為難地說：「是她要我們走的耶，而且是她堅持一定要打家恆的腳底板才會惹惱那個鬼，是她自己惹出——」

「是這樣嗎？」亞嵐瞪大雙眼說：「這一切是你們惹出來的吧？是你們硬要辦那個試膽大會，而且還特別安排我們這一組走不一樣的路線，為什麼？今天那個學長不也是因為當關主的關係，才會變成這樣嗎？這條路線又不是曉潔規劃的，完全是你們規劃的，不是嗎？而且你以為曉潔是為什麼要打學長的腳底板？就是為了要救他啊！」

被亞嵐如此質疑痛批，原本詹祐儒還張開嘴想要辯解，但是卻說不出話來。

「你們打從一開始就是針對曉潔的，」亞嵐繼續說：「不是嗎？到底為什麼？你們為什麼要這樣針對她？她做錯什麼了？你說啊！她到底做錯什麼事，你們要這樣對她？」

雖然詹祐儒很擅長面對群眾，說謊也是他的強項，但是像這樣宛如罪犯被檢察官質問，詹祐儒完全不擅長應對，因此在亞嵐的追問之下，詹祐儒才一臉彆扭地說：「……因為她態度不好。」

聽到詹祐儒這麼回答，亞嵐整個人都快要氣炸了。

「她態度不好？」亞嵐氣憤地說：「什麼地方態度不好？不要跟我說是在墳墓那邊的事情，早在那之前，你們就已經看她不順眼了。而且墳墓的事情是因為你們做蠢事，她看不過去所以才會態度不好，不是嗎？」

詹祐儒低著頭，一臉愧疚的模樣。

「你說她態度不好，」亞嵐接著說：「換作是你，你會怎麼對待一堆因為偏見而一再欺凌你的人？你們不但惹出一堆是非，最後還要她去救你們，你還有臉在這邊跟我說她態度不好？」

詹祐儒辯無可辯，轉身想要離開。

「然後你現在就這樣一走了之，」亞嵐見了繼續大罵：「你還算男人嗎？」

這句話彷彿絆馬索般，絆住了詹祐儒的腳。

「聽其他人說你出過書，」亞嵐不爽地說：「虧你跟我哥還算是同行，我哥是寫小說的，他常跟我說，想要寫小說，最重要的不是文筆，而是心中有想法。雖然我覺得那是他用來掩飾自己文筆不好的藉口，但是現在看到你這樣，我終於知道我哥說的是真的！我想你的文筆一定很好，因為你需要用優美的文筆去包裝你那空洞的思想！你就自己回去吧！就算你有一百個理由，也掩飾不了你現在落荒而逃的事實！」

亞嵐的話彷彿一把又一把的利刃刺入詹祐儒的心臟，與此同時，兩人身後又再度傳來驚人的怒號聲。

3

在林家恆暈倒的身旁，兩個女人正進行著一場死鬥。

不管是速度還是力量，曉潔都有心理準備，許瑤姍會比林家恆更難對付，畢竟鬼自蝕發生在一個凶悍的人身上，真的只能說凶上加凶，不過看到實際的情況，還是遠遠超過曉潔所能想像的範圍。

打從一開始，許瑤姍撲過來的時候，曉潔就已經知道眼前是什麼狀況了。

由於面對的是自蝕中的鬼魂，所以只要自己保住一命，想盡辦法活下去，對方也會自滅。

但是經過剛才許瑤姍的一輪猛攻之後，曉潔知道自己想得太天真了。

如果一直採取守勢的話，自己應該不可能每次都可以躲得過。

只要一次，對方準確地攻擊到自己，後果恐怕就會不堪設想。

雖然到目前為止的每一次攻擊，曉潔都能以魁星七式試圖迎擊，但對方的反應非常快，總是能夠在最後一刻躲開，並且加以反擊。

面對對方這樣凌厲的反擊，就連曉潔自己都很驚訝，經過這一年多的練習，自己竟然已經可以本能性地使出魁星七式。

過去，在曉潔剛學會的時候，曾經有機會使用過魁星七式來對付鬼魂，然而在那時候曉潔就發現自己最大的問題，在於完全不能流暢的使用出這些招式。

使用魁星七式對曉潔來說，就好像學習了一種新的語言，總需要在腦海裡面演練過一遍才能說出口，也因為這個關係，不管使出哪一招，都會有慢一拍的情況。

但是在今晚與許瑤姍交手之下，曉潔發現自己不管怎樣都會慢一拍的毛病已經完全不見了，魁星七式幾乎就像是走路或跑步一樣簡單。

然而即便如此，不管曉潔怎麼迎擊，許瑤姍總是可以閃過之後立刻發動反擊，逼得曉潔多次用魁星踢斗的姿勢自保，勉強逼退許瑤姍。

有幾次甚至連魁星踢斗都沒辦法擺出來，只能用極為狼狽的姿勢躲過許瑤姍的攻擊，其中一次還被許瑤姍抓傷了左手手臂，雖然傷口不深，但還是滲出了點血。

這樣的情況到底還能持續多久，就連曉潔都很懷疑。

自己不可能一直都萬無一失，勉強躲過許瑤姍的所有攻擊。

原本打定採取死守的主意，看樣子也不能繼續下去了。

如果不想辦法反攻，在許瑤姍耗盡力量之前，自己恐怕真的會死在許瑤姍的手下。

此時許瑤姍宛如狩獵中的動物般，雙眼死盯著曉潔，然後緩緩地橫移。

曉潔雖然也一樣死盯著許瑤姍，但是卻專注在眼角的餘光，希望可以找到一些能夠幫助自己扭轉局面的東西。

這時，曉潔看到了躺在地上的林家恆，也看到了林家恆腳上還套著剛剛詹祐儒身上脫下來的皮帶。

如果有那條皮帶的話，是不是可以把它弄成類似法索之類的東西？

曉潔在心中問著自己。

應該可以，只要有東西可以當作符咒的話……

就在這麼想的時候，許瑤姍又是一聲怒號，接著便以飛快的速度撲向曉潔。

好不容易找到了一個東西，可能可以稍微扭轉一下情勢，許瑤姍卻又發動了一輪猛攻。

幾次好不容易躲過許瑤姍的魔爪，曉潔都希望可以靠近林家恆，可是最後卻都因為許瑤姍又攻過來，導致距離反而越來越遠了。

看著那條距離自己越來越遠的皮帶，曉潔後悔了，自己要帥把兩人都趕走的結果，現在連一點機會都沒有了。

不過當時曉潔的確希望他們兩個快走，一來至少可以不用擔心他們的安全，二來自己也比較能夠專心。

但是相對的，對方也是一樣，只需要專心對付曉潔就可以了。

因此曉潔還真的是無計可施，就連想要解開林家恆腳上的皮帶也不行。

只要有點機會，有點時間做點準備，曉潔就可以對付她了。

這樣下去，自己光是累都可能被累死！

不行，還是要拚一下！

有了這條皮帶，自己至少還有點希望。

有了這樣的想法之後，趁著許瑤姍被自己的魁星踢斗逼退，曉潔立刻頭也不回地朝林家恆那邊衝過去。

曉潔不敢有半點遲疑，以跪滑的方式滑到了林家恆的腳邊，立刻開始解皮帶。

由於剛剛將皮帶綁在林家恆的腳上是為了困住他，所以皮帶綁得很緊。

曉潔費了一番功夫才稍微將皮帶鬆開，只是皮帶剛解到一半，許瑤姍就已經跳到曉潔的後面。

曉潔感覺到後面有動靜，心中一懍，也不敢停留，立刻向前一個翻滾，非常勉強地躲過許瑤姍的一抓。

可是，這一下太過於驚險，導致曉潔雖然勉強躲過，衣服卻很難倖免，曉潔後面的衣服被撕破了一個大洞，露出了光滑的背部。

一時之間，曉潔只覺得背後一涼，還以為是自己沒有躲過。

一站起身來立刻檢查自己的背部，確認被抓破的只有衣服才鬆了一口氣。

曉潔撕下只剩下一小段還纏在背上的衣服，今天身穿白色襯衫的她，看著手上的破衣，心中除了慶幸自己命大之外，也多了一個可以利用的東西。

可是，最關鍵的還是那條皮帶，不管怎樣，還是需要那條皮帶才行。

許瑤姍就一直站在林家恆的前面，似乎已經看穿了曉潔的目標，因此才會一直守在林家恆前面。

眼看許瑤姍不離開，總不能這樣繼續下去，曉潔猛一轉身，開始朝反方向逃。

許瑤姍見了，立刻拔腿追了過來。

不過曉潔倒也不是真的想要逃跑，只是想要改變一下戰況，因此才跑沒幾步，立刻停下來猛一轉身，連許瑤姍的身影都還看不清楚，魁星七式的招式就已經擺了出來。

這一下來得突然，即便許瑤姍的反應非常快，但是專注在追著曉潔的情況之下，沒料到曉潔會突然停下來轉身就是雙掌襲來，許瑤姍來不及停住，就這樣被曉潔的兩掌擊中了胸口。

連曉潔自己都沒想到真的可以打中許瑤姍，只見許瑤姍被雙掌打退了之後，曉潔愣了一下，才想到可以趁機去林家恆那邊。

可惜才剛走兩步，許瑤姍就已經又從旁邊衝出來，再次擋住曉潔的去路。

這樣下去真的沒完沒了……

就在曉潔感到絕望之際，突然從旁邊飛來一個物品，不偏不倚地打中許瑤姍，許瑤姍就這樣被那個物品打到哇哇大叫。

曉潔定睛一看，打中許瑤姍的東西，正是剛剛詹祐儒去湖邊採回來的柳枝。

即便處於自蝕狀態，柳枝似乎還是可以讓許瑤姍感覺到痛苦。

「曉潔！接著！」亞嵐的聲音從後面傳來。

曉潔一回頭，立刻看到朝自己飛來的柳枝。

曉潔跳起來接住了柳枝，接著一個轉身，呼啪的一聲，打中了許瑤姍。

接二連三的痛楚讓許瑤姍痛得向後一跳，嘴裡也發出又痛又怒的咆哮聲。

雖然打痛了對方，但光是這樣根本不可能打倒許瑤姍。

這點曉潔非常清楚，到頭來還是需要符咒與法器才能夠更有效地傷害對方。

話雖如此，可是接二連三的痛楚，還是暫時讓許瑤姍不敢貿然攻擊。

亞嵐在這時也已經趕到曉潔身邊，手上也拿著柳枝。

「這個越打她可能會越凶喔。」曉潔苦笑著說。

「那怎麼辦？」亞嵐問。

「我需要那個皮帶，」曉潔用下巴比了比林家恆說：「只要有那條皮帶，說不定真的有機會對付她。」

亞嵐點了點頭。

「話說回來，我不是叫妳走了嗎？」雖然嘴巴這麼說，但是曉潔臉上不自覺地浮現出謝天謝地的表情：「怎麼妳又回來了？」

亞嵐側著頭，一臉俏皮地學著曉潔說：「因為……義無反顧？」

「啊？」

「因為我不想丟下妳啊。」亞嵐率直地說。

「那就一起來吧！」曉潔笑著說：「不過在這之前，至少要讓妳學會自保，我需要教妳魁星踢斗的姿勢，有這姿勢至少妳可以自保。」

「是不是這樣？」

亞嵐一手向上一擺，接著左腳向後一踢，儼然就是一個魁星踢斗的姿勢。

曉潔真的傻眼了，她作夢也沒想到亞嵐竟然會做魁星踢斗的姿勢。

「妳……妳怎麼……妳是……」曉潔已經訝異到有點語無倫次了。

「我看過電影啊！」

「啊？」

「妳忘記了嗎？」亞嵐笑著說：「我非常愛看恐怖片，這個動作電影有拍過。」

「片名叫……」

「就叫魁星踢斗啊！」

曉潔啞然失笑，她完全不知道這個魁星踢斗的姿勢竟然是一部電影。

「那七星步呢？」曉潔簡直就好像看到救星一樣，興奮地問著：「妳會踏嗎？」

「喔，不會，那個電影沒拍過。」亞嵐乾脆地回答。

曉潔笑著搖搖頭說：「沒關係，至少會魁星踢斗已經可以自保了。那麼我們兵分兩路，如果許瑤姍追我，妳就趁機去解開綁在學長腳上的皮帶，如果追妳，我就去解。一旦妳逃不過，就可以擺出魁星踢斗，至少她對妳的殺傷力會小很多。真的不行我會馬上過去幫妳。懂了嗎？」

「嗯！」亞嵐點了點頭。

對亞嵐來說，此時此刻她的心情可以說是處於一種相當詭異的狀況。

從小就跟著自己的哥哥看過那麼多恐怖電影，玩過那麼多恐怖電玩，卻作夢也沒想到自己真的會有處於這種彷彿恐怖電影裡的時候。

雖然恐懼萬分，但是亞嵐非常清楚，自己的心底還有一點點興奮之情。

「數到三，我們兩個分開跑，我往這邊，妳去那邊。」曉潔指示道：「待會她勢必只能追我們其中一個人，沒被追的人就去解皮帶。」

「了解。」

兩人互看一眼之後，曉潔開始數數，數到三的時候，兩人立刻分開跑。

曉潔朝左邊，亞嵐朝右邊，雖然分開跑，但是兩人的雙眼還是緊緊盯著許瑤姍，要看清楚她到底決定追誰。

突然看到兩人分開跑的許瑤姍，先是看了一下曉潔，然後又看了一下亞嵐，似乎有點猶豫不知道該追誰，停頓了一下之後，最後許瑤姍的頭竟然不偏不倚地面對著兩人都不在的中央。

怎麼回事？

就在曉潔覺得不對勁的時候，順著許瑤姍的頭看過去，一個男人就站在那裡，另外一邊的亞嵐也同樣看過去。

不會吧！

亞嵐在心中吶喊。

來的不是別人，正是詹祐儒。

亞嵐臭罵詹祐儒一頓之後，決定不理他，自己回來跟曉潔並肩作戰。

那時詹祐儒愣在原地，原本還是打算要走，但最後實在經不起良心的譴責，決定回頭來找兩人。

誰知道早不來晚不來，偏偏在兩人決定分頭跑的時候出現，比起兩個已經拔腿分開跑的人來說，站立不動的詹祐儒當然比較好對付，因此許瑤姍立刻鎖定了他，朝著詹祐儒衝過去。

曉潔看到許瑤姍將目標鎖定在詹祐儒身上，心中大喊不妙。

來了個亞嵐，多了一個幫手；來了個詹祐儒，多了一個累贅啊！

「別站在那邊發呆！」曉潔叫道：「快逃！」

詹祐儒先是愣了一下，然後才意識到許瑤姍正朝自己而來，轉身拔腿就跑。

「我去幫他！」亞嵐對曉潔叫道：「妳去解皮帶！」

果然到頭來還是只有亞嵐可以幫得上忙，曉潔也不囉嗦，立刻朝林家恆那邊衝。

詹祐儒一邊逃一邊回頭看許瑤姍，誰知道在回頭看了幾次之後，看著許瑤姍的同時，詹祐儒也看到了曉潔，此時正在解林家恆腳上皮帶的曉潔正好背對著詹祐儒。

詹祐儒一看，整個傻了，人也跟著定住了。

因為曉潔不知道什麼時候，竟然變成了露背裝，那完美無瑕的美麗裸背，讓詹祐儒完全看傻了眼。

不過就這麼一個停頓，許瑤姍立刻就趕上並且一把抓住了詹祐儒的頭髮。

「嗚啊！」詹祐儒吃痛叫道。

這時曉潔解開了皮帶，一起身回頭剛好就看到許瑤姍一把抓住了正在發愣的詹祐儒。

「你發什麼愣啊！」曉潔沒好氣地叫道。

「色龜！」亞嵐親眼看到詹祐儒盯著曉潔背部看，然後被抓住頭髮的整個過程，搖頭罵道：「活該！」

「痛啊！」詹祐儒痛到眼淚又飆出來了，叫道：「你們這一對是怎樣？為什麼都要扯我頭髮？」

雖然認為詹祐儒被抓到很活該，不過亞嵐也不能見死不救，上前從後面抓住許瑤姍，試圖要讓她放開詹祐儒的頭髮。

曉潔則把握這個機會，用右手抹了自己左手的傷口，沾了些血之後拿出自己的破衣，以衣為底在上面寫上符咒。

曉潔每個禮拜都會撥個兩天來練習寫這些咒文，比起口訣，除了幾個咒文沒有記錄下來之外，大部分么洞八廟都有存書記載，因此曉潔只要照著書上的咒文去摹寫就可以了。

不過在這種情況下寫符，曉潔還是第一次，有沒有效都不知道。當然現在的情況，也不容曉潔想太多。

匆忙將符寫好之後，將衣服綁在皮帶上。

與此同時，許瑤姍先將身體一縮，接著又是奮力一挺，原本死命抱住許瑤姍的亞嵐就這樣被震開。

正準備好好對付詹祐儒，就看到曉潔拿著皮帶衝過來。

打從一開始曉潔就是許瑤姍最忌諱的對象，眼看曉潔衝過來，許瑤姍也轉過身來，接著對準曉潔之後將手一甩，詹祐儒整個人像鏈球一樣被甩了出去。

想不到對方竟然會把詹祐儒當成武器，曉潔一時也看傻了，趕緊側身在地上滾了兩圈，才勉強躲過這個被拋出來當作武器的直屬學長。

這些日子以來，每天早起練功的結果，先不說那些基本功練得如何，筋骨方面倒是強健許多。

在地上打滾了兩圈的曉潔，順勢一翻立刻站起身來，將綁著寫有符文破衣的皮帶當成了法索用力一甩，就這樣凌空發出了一陣聲響。

嗶啪的一聲，準確地抽在許瑤姍的身上。

除了魁星七式之外，在鍾馗四寶之中，曉潔最不熟悉的就是法索。

法索是一種與鞭子差不多的法器，和刀劍不一樣的是，就算沒有什麼劍術劍法，只是拿著刀劍揮舞一下，人人幾乎都可以辦得到，但是法索與鞭子這類東西就沒那麼簡單了。

光是想要抽打到正確的位置，不經過一番練習是絕對做不到的。

在整理么洞八廟的時候，曉潔找到了一條老舊的法索，聽何嬤說那是阿吉小時候拿來練習的法索。

在那之後，曉潔就用那條法索來練習，在練了一年多之後的今天，雖然說不知道什麼武功招式，但至少她現在已經練到可以準確揮出法索打中目標了。

只是曉潔作夢也沒有想到，竟然會在這個時候派上用場。

不比剛剛的魁星七式與柳枝打鬼，綁有符咒的皮帶這一抽，頓時讓許瑤姍受到重創。看到這個情況，也算是出乎曉潔意料之外。畢竟這是曉潔第一次寫符咒，如果不是在這樣不得已的情況之下，曉潔根本不會認為這是「可靠」的方法。

許瑤姍痛到在地上打滾，與此同時，身上原本散發的紫色煙霧，此時更是變本加厲，冒出大量的紫霧，幾乎都快要遮住許瑤姍的身體了。

曉潔知道這是自蝕的鬼魂受了重創之下會有的反應。

那些紫霧基本上就好像是鬼魂的力量一樣，如此大量的紫霧，正表示這個上了許瑤姍身的鬼魂，此刻正流失著大量的力量。

曉潔走到了許瑤姍的身邊看著她，此刻許瑤姍的痛苦全寫在臉上。

一旦鬼魂進入自蝕階段就沒有辦法逆轉了，曉潔非常清楚走到了今天這一步，對這鬼魂來說，剩下的就只有痛苦了。

應該要給它一個解脫……

曉潔舉起了皮帶，掙扎了一會之後，用力將皮帶揮下去。

這一抽彷彿戳破了裝滿紫霧的氣球一樣，紫霧瞬間從許瑤姍身體爆發開來，就好像一朵紫色的雲一樣。

然後，在晚風的吹拂之下，紫霧逐漸淡開、散去。

一切都回歸於平靜，紫霧散去之後，只剩下暈倒在地上的許瑤姍。

「結、結束了嗎？」詹祐儒戰戰兢兢地問。

曉潔點了點頭，然後雙腳一軟，坐倒在地上。

看到曉潔的反應，詹祐儒這才大大鬆了一口氣。

「呼、呼、呼，」詹祐儒喘著氣大聲叫道：「真是謝天謝地，終於結束了……」說著說著，詹祐儒的目光又再度鎖定在曉潔的裸背上，瞪大的雙眼好像隨時都會掉出來一樣。

亞嵐見狀，靠過去用力踩了詹祐儒的腳。

「唉唷！」看到出神的詹祐儒完全沒發現，就這樣被踩到跳了起來：「妳嫌我傷還不夠重嗎？妳們是這樣對待一個重傷的人嗎？」

亞嵐完全不理會詹祐儒的抗議，靠過去將自己的外套脫下，披在曉潔身上。

「你的試膽大會還真奇特啊，」亞嵐白了詹祐儒一眼：「試著讓自己嚇破膽嗎？」

聽到亞嵐這麼說，曉潔臉上浮現出一抹燦爛的微笑。

這是曉潔上大學以來，第一次露出那麼開心的笑容。

雖然有了這麼糟糕的學長，但是至少自己好像認識了一個不錯的朋友。

看著亞嵐與詹祐儒，曉潔心中有了這樣的想法。

危機到此算是解決了，三人在休息了一會之後，合力將林家恆與許瑤姍這一對情侶扛回營區。

詹祐儒以情侶吵架大打出手這種荒唐的謊言將兩人送醫。

兩人雖然身上有些傷，但是沒有什麼太嚴重的傷害，也算是不幸中的大幸了。

不過曉潔也知道，對於被鬼再次上身的許瑤姍來說，可能會有些後遺症，不過這也是沒有辦法的事情了。

而曉潔的大學生活，也就在這場迎新晚會之後，正式開始了。

4

試膽大會過後一個禮拜，曉潔結束一天的課程，才剛回到么洞八廟，阿賀就敲了曉潔的房門。

阿賀一直都是么洞八廟的工作人員，即便么洞八廟已經轉到曉潔的名下，這些工作人員大多還是在廟裡面工作。

雖然鍾馗派的道士在一年多前的那場災難之中，大多都已經死亡，不過還是有些人會前來悼念呂偉道長，因此么洞八廟的營運光是靠香油錢跟那些參觀費，還是勉強過得去。

至於廟的收支與工作人員的薪水等開銷，都是由從呂偉道長時代就一直服務到今天的何嬤負責，曉潔其實完全不需要為此操心。

那天在接到曉潔的電話之後，阿賀照曉潔的要求，聯絡了幾間熟識的廟，讓他們去處理那座墳墓，一個禮拜之後，也算是順利結束了，因此阿賀才來向曉潔報告結果。

「我聯絡到那座墳墓的親人了，」阿賀對曉潔說：「聽說他們每年上山掃墓，回來都會出事。所以，後來這幾年就不再上山去掃墓了。」

曉潔聽了之後皺了皺眉頭，所以有問題的應該是那座墳墓？

「然後我聽到場整理的道士說，」阿賀看著自己筆記用的小本子接著說：「他們在附近有發現一間廢棄的房子，是在很隱密的地方，裡面好像以前是非法繁殖場，陰氣很重，看樣子應該有很多小貓小狗在那邊死掉，所以他們也算做善事，就在那邊開了壇祭拜一下，結果在做法事的時候，真的在後面的坑洞裡面發現了一堆動物的屍骨。」

阿賀這麼說的時候，曉潔突然想起了當時試膽大會的情況。

記得林家恆曾經在被質疑的時候，說過自己就是到一間廢棄的屋子去小解的，從這個地方看起來，林家恆並沒有說謊，而他去的那間廢棄屋子，應該就是阿賀口中的那個廢棄的非法繁殖場。

當晚的情況應該真的如林家恆所說的一樣，他為了當關主，一直躲在墓地，中途因為尿急的關係，所以跑到了附近的廢棄小屋小便，結果那座墳墓沒事，反而是在那邊亂小便的關係才引鬼上身。

曉潔想起了曾經聽阿吉說過，很多鬼故事都是在廁所發生的，除了排泄物一直都被當成穢物之外，還有一個原因就是人在排泄的時候，也是陽氣比較低落的時候。這點除了人類之外，很多動物在排泄的時候，都是牠們最脆弱的時候，也就是因為這樣的關係，那天晚上他們才會遇到那麼多事情。

沒想到事情的原委，竟然會是這樣。

關上門之後，曉潔覺得胸口有點沉悶。

她想起了那個打在許瑤姍身上的最後一鞭，因為不是用正規的方法收伏，一個靈魂就這樣永遠消散了。

在這件事情過後的這一個禮拜以來，曉潔常常問自己，如果阿吉在的話，他會怎麼樣處理呢？

當然這個問題，永遠不會有正確的答案。

這是曉潔的初體驗，在這當下，曉潔還天真地認為，這可能會是自己唯一的體驗。

不過她不知道的是，這一切只是一個開端，就好像一段傳奇故事的楔子一樣，屬於她的故事，才剛剛開始而已。

第5章．社團活動

1

迎新晚會過後，一切看似都回歸了正常。

曉潔很快就適應了大學生活，對大部分的人來說，大學生活最大的不同就是在於自制。畢竟在大學之前的求學階段，不管什麼都有老師幫學生準備好，就連課業都有老師幫忙盯。

可是上了大學之後，一切都不一樣了，老師不用再負責學生的升學與成績，只有消極的以過關或當掉來約束學生。

因此一切都看個人的自制力，有人活得很精采，但是畢業之後什麼都不會，有人活得很自在，自在到最後連二分之一的學分都拿不到，更有人學的明明是財金，但最後學到的卻都是寫小說的技巧。

這就是大學生活，充滿未知與變化。

而自制力這件事情，對從上國中以來就一個人生活的曉潔來說完全沒有問題。

也因此上大學對曉潔而言，幾乎跟過去沒什麼兩樣。

曉潔對社團已經不再有興趣，每天就固定上下課，除了學校的作息一切正常之外，就連么洞八廟的生活也是一成不變，始終如一。

每天不管第幾堂有課，曉潔總是會在同樣的時間起床，然後開始自己安排好的早課。背誦口訣、練習魁星七式、跳鍾馗、摹寫符咒等等，就像日常生活一樣每天複習。

本身就非常自制的曉潔，在進入大學生活之後，幾乎完全沒有適應的問題。而她跟亞嵐也成為了好朋友。

在認親大會上，亞嵐因為絲毫沒有差錯地叫出了每個同學的名字，讓所有同學都印象深刻，因此在第一次開班會選幹部的時候，被大家推選為班代。

「妳一定要幫我，」班會過後，亞嵐對曉潔說：「因為是妳害我的，還有，以後不要叫我亞嵐，叫我嘟嘟就可以了。」

對於亞嵐的要求，曉潔沒有太多意見，畢竟不管是準確背出所有同學的名字，還是在試膽大會上發生的事情，曉潔的確都拜託過亞嵐保密。

除此之外，如果亞嵐有要求，身為朋友的曉潔當然也會幫忙。

與曉潔不同的是，亞嵐的大學生活規劃精采多了。

除了班上的事情需要忙之外，亞嵐也照著自己的興趣加入了一個社團。

社團名稱很長，叫做「恐怖電影、小說與電玩研究賞析社」，聽說成立只有短短三年不到，從名字看起來就大概可以了解，社團活動內容大概就是看些恐怖電影與小說，還有玩些恐怖電玩，然後社員之間互相討論分享心得，如此而已。

在亞嵐的強力要求之下，就連曉潔也成為了社員，不過前提是曉潔完全不需要參加社團活動，也就是掛名當所謂的幽靈社員。

曉潔與亞嵐兩人的大學生活就這麼展開了。

亞嵐因為下午有事，所以拜託曉潔幫她把東西拿給系學會會長。

當然，這個系學會會長不是別人，正是曉潔的直屬學長。

如果可以的話，曉潔說什麼也不想要見到詹祐儒，可是自己已經答應亞嵐會盡可能幫她了，因此就算不願意，曉潔還是來到了系學會使用的教室。

在門外深呼吸一口氣之後，曉潔打開了系學會的門。

裡面不知道為什麼，竟然是一片漆黑。

明明才剛放學而已，為什麼已經沒有人了？

亞嵐特別強調今天要拿給詹祐儒，雖然曉潔有詹祐儒的手機號碼與通訊軟體的帳號，絕對不至於聯絡不到他，但是那對曉潔來說，是最後、最後、最後才會想要用到的東西。

曉潔摸了摸旁邊的牆壁，並沒有找到電燈之類的開關，曉潔沒有來過這間教室，當然也不可能知道屋內的裝潢擺設。

透過身後夕陽的餘暉，勉強還看得到教室裡面的課桌椅。

進去之後隨便放在一張桌子上吧？

就在曉潔這麼想並且走入教室的時候，一個聲音突然從深處傳來，嚇了曉潔好大一跳。

「就在這個時候！」一個男人的聲音突然大聲叫道。

在這句話之後，竟然又傳來一陣恐怖的哀號聲。

「嗚嗚嗚嗚。」在嗚咽聲中，還夾雜著些許尖叫聲。

這陣聲音讓曉潔覺得非常奇怪，甚至有點害怕。

不過按理說這邊如果真的有什麼不乾淨的東西，自己身體不是應該會有一些反應嗎？

但自己卻在完全沒有任何不適的情況下突然聽到這樣的聲音，讓曉潔真的一時有點緊張了起來。

不過那聲音好像……

曉潔有點進退兩難地看了看門口，又看了看傳來聲音的深處。

明明是從系學會教室裡面傳出來的，可是系學會現在是一片漆黑啊，感覺根本沒人在裡面。

就在曉潔還沒決定自己該怎麼做的時候，聲音再度傳來，只是這一次不像上次那樣大聲，更沒有那陣令人毛骨悚然的嗚咽聲。

「我緊緊盯著那傢伙的雙眼……」那聲音如是說。

等等……這聲音……是詹祐儒。

曉潔認出這個聲音，可是她不了解的是，為什麼會有那麼多的低鳴哀號呢？

雖然有點恐懼，但曉潔還是決定往深處去。

當曉潔轉了個彎，繞過屏風，立刻看到在教室後面還有另外一個隔間，裡面發出了些許的亮光。

曉潔緩緩地朝那邊過去，詹祐儒的聲音又再度傳來。

「我知道，那不是我熟悉的同學。」詹祐儒的聲音充滿戲劇性：「當下我真的有點害怕，因為我又不是道士，對這種事情當然不了解。」

什麼跟什麼啊？詹祐儒到底是在跟誰說話？

曉潔一臉狐疑，繼續朝著光源走去。

「但是！」詹祐儒的聲音顯得有點激動：「我知道我最親愛的同學以及我的學妹們，他們比我更害怕，他們比我更無助。如果我在這邊放棄的話，他們會有危險！」

終於，曉潔來到了射出光線的隔間門口，朝裡面一看，臉上立刻沉了下來。

只見詹祐儒就站在正中間，而他的周圍坐著滿滿一圈的女同學，眾人面前擺著幾支手機充當手電筒，而詹祐儒就在這樣的氛圍之下，講述著自己光榮的鬼故事。

「我沒有跑，」詹祐儒抿著嘴裝模作樣地說：「是因為一股力量，妳們知道是什麼嗎？」

女同學們緩緩地搖搖頭。

「是愛？」其中一個女同學這麼說。

「最好是啦！」一個女同學無法接受地反駁。

「因為友情？那個學長是你的好朋友？」

「該不會是因為害怕到動不了吧？」

此話一出，幾個女同學竊笑了出來。

但是詹祐儒不以為意，緩緩地搖了搖頭，然後公布正確答案：「……是責任。」

聽到詹祐儒這麼說，原本有點騷動的幾個女同學都頓時安靜了下來，所有人都用異常認真的眼光看著詹祐儒。

「我是中文系系學會會長，」詹祐儒沉著臉說：「也是當晚活動的主辦人，我有責任不讓任何人傷害我的同學和學弟妹。」

這一句話，讓周圍所有的女同學臉上都露出景仰的表情，除了在門口目睹這一切的曉潔之外。

曉潔的眼睛幾乎已經翻白到看不到眼珠的部分了。

這男人的臉皮，根本是鋼鐵做的！

曾經，曉潔以為阿吉已經是個極限了，但是看著眼前這個男人，曉潔發現阿吉如果跟他比，恐怕只能歸類在誠實害臊好青年吧？

看著在場所有女同學都被自己唬得一愣一愣的，詹祐儒臉上難免露出滿意又得意的表情，他掃視著每個人，就在這時，他看到了一個雙眼幾乎只有眼白的女人就站在門口。

「嗚、嗚啊！」詹祐儒叫了出來，連腿都差點一軟坐倒在地上。其他人看到詹祐儒的樣子，也立刻回頭看向門口，所有人一看到人影，都是尖叫出聲，直接抱成一團。

聽到眾人這麼尖叫，曉潔才回過神來，眼珠也不再翻白，詹祐儒這才認出曉潔。

「天啊，學妹，妳想嚇死人啊？」詹祐儒摸著自己的胸口說。

「這句話應該是我說的吧？」曉潔反駁：「你們把系學會教室弄得烏漆抹黑的，到底是誰想嚇誰啊？」

現場一陣騷動，其中一個女同學跑去牆邊將電燈打開。

終於，教室再度大放光明。

「方便來一下嗎？」曉潔冷冷地說：「學長。」

詹祐儒稍微安撫了一下在座的女同學之後，起身跟曉潔來到前面的教室。

「你有必要到處跟人說試膽大會的故事嗎？」曉潔瞪著詹祐儒說：「你是不是忘記你答應過我什麼了？」

「妳以為我願意嗎？」詹祐儒一臉無奈地說：「那件事情鬧那麼大，不用給大家一個交代嗎？妳是不是忘記是妳自己要求我不能讓大家知道我有一個跟我一樣出色的學妹，不准我把妳收鬼的事情告訴大家的？我就是因為答應妳不告訴別人是妳做的，所以才特別掰了這個故事啊。」

看詹祐儒那裝模作樣的樣子，讓曉潔有種想狠狠揍他一拳的衝動。

「我是很痛苦的，」詹祐儒仰著頭說：「不過既然這是學妹妳的要求，做學長的又怎麼能夠不體貼呢？」

從迎新晚會結束之後，詹祐儒的態度有了一百八十度大轉變，不再想盡辦法要整曉潔，反而有種異常的熱情，噓寒問暖之類的情況經常上演。

雖然態度好轉對曉潔來說不算是件壞事，可是不知道為什麼，曉潔反而懷念起那時候的詹祐儒了……

比起現在變得黏人又煩人，與他為敵似乎比較容易被遺忘與忽視，以便繼續曉潔期望的低調生活。

……悔不當初啊！

不過現在一切都來不及了，曉潔將亞嵐交給自己的東西，拿出來推到詹祐儒的胸前。

「這是嘟嘟……我們班代要我拿給你的。」等到詹祐儒接過去之後，曉潔接著說：「就這樣。」

「就這樣？」詹祐儒臉上立刻浮現出失望的神情說：「那不如……等等……一起……那個……吃一下……」

在詹祐儒還結結巴巴的同時，曉潔已經離開系學會教室，只留下詹祐儒與那些他還沒說完的句子愣在原地。

在手忙腳亂、千鈞一髮地解決了林家恆與許瑤姍的鬼上身之後，為了保持低調，曉潔的確要求亞嵐與詹祐儒兩人，不要將她收鬼的事情告訴任何人。

當時詹祐儒立刻一口答應了，但是亞嵐卻有點為難。

「不行耶，」亞嵐一臉為難地說：「發生這麼大的事情，我不可能隱瞞我哥，如果我不跟他說，到時候被他知道的話，他一定會跟我斷絕兄妹關係。」

「喔……」曉潔不好意思地說：「家人應該沒關係吧？但是其他人就……」

「嗯，」亞嵐用力點著頭說：「沒問題。」

當時曉潔還心想，是有沒有那麼嚴重，需要到斷絕兄妹關係。

然而第二天，亞嵐就怒氣沖沖地跑到曉潔面前。

「我要跟我哥斷絕兄妹關係！」

「啊？」

「妳知道嗎？」亞嵐一臉難以置信地說：「我把迎新發生的事情告訴他，他竟然不相信！」

曉潔還能說什麼，只能白了亞嵐一眼。

至少她了解到，這一對兄妹的兄妹關係似乎很常斷絕。

這或許就是兄妹的相處之道吧。

對於沒有兄弟姊妹的曉潔來說，也只能這樣告訴自己了。

總之，在那之後，除了迎新晚會的小插曲之外，一切都恢復正常了。

不過，很快的曉潔就會發現，這不過只是自己一廂情願的想法罷了。

2

下了公車的曉潔，邁開腳步朝著么洞八廟而去。

這是曉潔每天上下課時必經的道路，對曉潔來說，這是條再熟悉不過的道路了。

然而不知道為什麼，今天放學回家的路上，曉潔一直都有種奇怪的感覺。

……那種感覺就好像有誰在盯著她一樣。

回頭看，卻什麼異狀也沒有看到。

是自己的錯覺嗎？

曉潔看了一會之後，搖了搖頭回過頭來，繼續踏上回家的路。

在曉潔轉過一個彎之後，一台雙載的摩托車才彎進這條路的路口。

「呼，剛剛好險啊。」騎車的不是別人，正是亞嵐的直屬學長蔡孟斌。

「對啊，」坐在機車後面的洪泰誠，搖了搖頭說：「那女人是背後有長眼睛嗎？」

「誰知道啊？」蔡孟斌聳了聳肩說：「這是她第幾次回頭啦？」

「天曉得，她會不會是看到我們了啊？」

「如果已經看到了就不會一直回頭，應該會直接過來找我們吧？」

原來兩人奉他們的主子，也就是現今中文系的系學會會長，更是曉潔的直屬學長之命，要他們跟蹤曉潔回家。

至於目的到底是什麼？這不是兩人可以過問的。

只是兩人一路騎著機車，小心翼翼地跟著，曉潔卻頻頻回頭，有好幾次都差點看到他們，讓他們覺得非常不可思議。

終於，在經過了這漫長的跟監之後，兩人順利完成了使命。

只是當看到曉潔走進那座廟的時候，兩人都是一臉訝異。

等了一會，還是不見曉潔出來，在沒有辦法的情況之下，兩人只好守在廟門口張望，果然見到曉潔在三樓活動的樣子，看起來並不像是一般來參拜的民眾。

「這裡該不會就是她家吧？」

兩人立刻將這個消息帶回去向詹祐儒稟報。

原本還以為詹祐儒聽了會跟兩人一樣驚訝，誰知道聽完之後，詹祐儒反而一臉豁然開朗的模樣。

「原來是這樣啊。」詹祐儒感嘆地說：「原來她是廟公的女兒啊，難怪她會……」

「她會什麼？」

「嗯？」詹祐儒突然想到自己答應過曉潔的事情：「沒、沒什麼。難怪她會……土裡土氣的，動作又粗魯。」

「哈，老大說得真好！」洪泰誠拍著手說：「一定是跳八家將的，所以才會那麼粗魯。」

不過蔡孟斌沒有洪泰誠那麼遲鈍，早在迎新晚會結束之後，就有點感覺到詹祐儒的變化。

雖然詹祐儒跟迎新晚會前一樣，非常在意那個對自己不屑一顧的學妹，可是不知道為什麼，蔡孟斌總覺得他在意的地方似乎有點不太一樣了。

「那個……老大，」蔡孟斌問詹祐儒：「為什麼我們要跟著她回去？」

「啊？」詹祐儒似乎沒料到蔡孟斌會這麼問，略顯慌張地說：「因為那個……學籍資料上，她的住所有點不太對，所以……」

「我知道了，」洪泰誠在旁邊一臉賊笑地說：「這就叫做知己知彼，百戰百勝。先摸清楚對方的底細，我們就可以……嘿嘿嘿。」

一旦扯上惡作劇或者是一些鬼主意，洪泰誠一向都有著超過他本身智商的天分。

「老大，」蔡孟斌進一步打探地問：「我們的目標還是一樣嗎？」

「什麼意思？」

「就是，我們還是要『教訓』她吧？這點沒有改變吧？」

「啊？」此話一出，就連一旁的洪泰誠都是一臉狐疑地看著詹祐儒。

「當、當然沒有，哈哈！」詹祐儒乾笑了兩聲：「你別亂想，我只是、只是……要更了解她一點，這樣我們才能知道要怎麼對付她。哈哈！」

最後又再度伴隨著兩聲乾笑之後，詹祐儒略顯狼狽地轉身離開，留下一臉狐疑的蔡孟斌與完全搞不清楚狀況的洪泰誠。

「怎麼我覺得……」蔡孟斌皺著眉頭說：「老大在說對付她的時候，有跟之前完全不同的意思呢？」

3

在經過了一個多月的學生生活之後，曉潔對自己大學第一個交到的好友亞嵐也越來越了解了。

亞嵐有個同母異父、相差了十幾歲的哥哥，大約在十年前就痛失雙親的他們，在那之後就一直相依為命到今天。

亞嵐的哥哥是個專門寫恐怖小說的作家，她從小就受到哥哥的影響，非常喜歡看恐怖電影與小說，也很喜歡玩恐怖電玩，只要跟恐怖扯得上邊的東西，都是兩兄妹的最愛。

而亞嵐之所以會來讀中文創作組，多半也是受到她哥的影響，雖然亞嵐口頭上從來不承認。

正因為有這樣的興趣，亞嵐在開學過後沒多久，就加入了一個名為「恐怖電影、小說與電玩研究賞析社」的新興社團，簡稱「恐怖社」。

就亞嵐自己的講法，這個社團根本就是為了她而存在的，所以自己當然也要「義無反顧」地加入。

除了自己加入之外，亞嵐也特別拉了對各個社團都興趣缺缺的曉潔，一起加入了恐怖社。

顧名思義，這個社團的活動，不外乎就是看看恐怖電影，分享恐怖小說的閱讀經驗，或者用社辦那台老舊電視，玩些恐怖電玩之類的東西。

雖然亞嵐曾經答應過曉潔，不需要參加任何社團活動，但是每次一有活動，亞嵐還是會拉著曉潔去參加。

幾乎每個禮拜都有兩、三次恐怖電影賞析的活動。

看了一堆曉潔連聽都沒聽過的恐怖片，從歐美到東洋，從經典的恐怖片到非常冷門的恐怖片，真的可以算是讓曉潔開了眼界。

不過更讓曉潔驚訝的是，幾乎所有恐怖片亞嵐都看過了。

這天，又到了下午有社團活動的日子，第一堂課才剛下課，果然亞嵐就來到了曉潔的面前。

「今天下午有活動喔。」

「我們這陣子看的恐怖片還不夠嗎？」曉潔笑著說。

「不夠，當然不夠啊，我還有很多片子準備要跟妳一起看呢。」

聽到亞嵐這麼說，曉潔也只能苦笑，她非常清楚自己這個新摯友的喜好。

「不過嘟嘟，」曉潔側著頭問：「這些片子妳不是都看過了嗎？再看一次會有樂趣嗎？」

「我算還好啦，」亞嵐笑著說：「我哥才嚴重好不好，幾乎每一部片他都看過數百次了，有些片子他熟到還會背台詞咧。而且跟曉潔妳看恐怖片，真的別有一番樂趣啊！」

亞嵐這倒不是開玩笑，跟曉潔一起看這些恐怖片，的確有許多不一樣的樂趣，尤其是對亞嵐來說。

比起過去跟她哥一起看恐怖片，在看完恐怖片之後，兩兄妹會聊的總是片子裡面的東西。

哪些地方很棒，哪些地方不夠好，哪些地方可以怎麼拍，哪些地方有什麼比較深層的含意，大概就是這些東西。

不過跟曉潔看電影，看完之後講的東西完全不一樣。

像是她們一起看完《七夜怪談》，曉潔就煞有其事地分析貞子到底是屬於哪種妖魔鬼怪。

「雖然很多東西我不是很確定，」看完七夜怪談之後的曉潔認真說道：「不過從屬性看起來，當然是屬於怨，可是她實際上卻有許多縛靈的特質，至於從電視爬出來，比較像是天。……所以我感覺都像是湊出來的東西，現實生活應該不會有這樣的鬼魂。」

而一起看過《咒怨》之後，曉潔也認真地進行了分析：「比起貞子來說，伽椰子真實很多，非常符合地怨靈的特性，事實上這也是很多凶宅會產生的靈體。」

那感覺真的就好像 NASA 的科學家進戲院去看科幻片一樣，總有許多很有趣的見解與分析。

就是像這樣，不管看什麼恐怖片，曉潔總會指出到底有多少真實性，有多少是太誇張了。

就連殭屍片也可以說出那些殭屍的錯誤，真實的殭屍應該是如何如何。雖然亞嵐沒辦法求證曉潔說的到底是真是假，不過她還是照樣聽得很樂。

至少現實生活之中，亞嵐第一次的靈異體驗，就是跟曉潔一起經歷的。

不只如此，她們還像電影裡林正英道長那些人一樣收鬼伏妖，這種體驗可不是每個人都有的，因此也讓亞嵐引以為傲。

畢竟她終於有這麼一個體驗可以贏過她那有點臭屁的哥哥，這可不是人生隨時都有的感受。

當然，這時候的亞嵐也已經從曉潔那邊得知了一些關於她為什麼會收鬼的事情。

雖然曉潔並沒有說得很清楚，但大概就是她曾經跟一個叫做鍾馗派的門派，學過一點降妖伏魔的方法。

「不過，」亞嵐側著頭對曉潔說：「我們……今天不是看恐怖片。」

「喔？這麼難得？」

「對啊，」亞嵐說：「我們已經看一個月的恐怖片了，如果不換換口味的話，大家很容易膩的。」

「嗯，也是。」曉潔點了點頭說：「所以接下來是什麼？恐怖小說？還是要一起玩恐怖電玩？」

「嗯……」亞嵐說：「本來我是有計畫要大家一起玩恐怖電玩，可是我哥最近正在玩一些遊戲，所以我拗不出主機，只好變更計畫。不過雖然是這麼說啦，但是這個計畫我自己本人可是非常滿意喔。」

「哦？是什麼？」

「嘿嘿，」亞嵐一臉神祕地說：「妳來就知道了。」

4

在「恐怖電影、小說與電玩研究賞析社」的社辦之中。

第一屆恐怖都市傳說及靈異體驗說故事大賽，正式在這個小小的教室之中拉開了序幕。

這場由亞嵐一手規劃、安排、舉辦的大賽，規則很簡單，參賽者講述都市傳說或靈異體驗，然後由恐怖社的全體社員進行評分，最高分者即是冠軍。冠軍的獎品是市中心影城最新電影的試映會門票兩張。

這兩張票是出版社給亞嵐的哥哥，結果被亞嵐拗走的，原本打算跟曉潔兩人一起去看電影，可是因為試映的那場電影並不是恐怖片，讓亞嵐的興趣立刻大減，因此拿出來當作獎品，提供給冠軍。

由於事前並沒有妥善的規劃與宣傳，因此報名參賽的人數並不多，可是對這個社團的其他成員來說，都非常期待這次的比賽。

聽其他成員說，自從亞嵐加入之後，整個社團的活力都不同於以往，除了創社的社長之外，沒有任何人像亞嵐這麼投入這個社團，讓其他社員也跟著活絡了起來。

一個原本幾乎可以說是在廢社邊緣的社團，就因為一個學生的活躍又有了一個全新的面貌與生命。

當然這些完全都是源自於亞嵐本身對恐怖題材的熱愛，加上她有個同樣熱愛恐怖片，而且還是職業恐怖小說作家的哥哥。

上個月幾乎所有的恐怖片都是亞嵐提供的，光是上個月大家看過的恐怖片數量，恐怕已經超過其他社員這兩年來看過的片子了。

而且這些還只是亞嵐口中所謂的基本與經典恐怖片，多半算是比較「清淡」一點。

接下來，她還計畫朝著更激烈、特別的恐怖片前進，為大家設計了一整個學期的播放清單。

不過那些都是以後的計畫，眼前，參與這場大賽的選手，一個接著一個登場。

第一個上場的是一位大三的學長。

靦腆的他，在眾人面前坐下來之後，開口講了第一句話，就換來評審們不滿的反應。

「今天……」那學長低著頭，不敢看坐成一排的評審：「我想要跟大家分享的是，我們學校那兩台電梯的故事……」

這話一出，所有台下的人都幾乎同時發出了抗議的聲音。

「別鬧了！」

「你認真的嗎？」

「太遜了啦！」

「那電梯太有名了，你真的以為我們會沒聽過嗎？」

「我高中同學不是讀我們學校的都知道了，這個不行啦！」

就在眾人起鬨之下，第一位參賽的學長，幾乎就在這滿場的噓聲之下，只講了一句話就下台一鞠躬。

可是，在眾人之中，只有曉潔一個人一臉茫然，完全不知道發生什麼事情。

「不會吧？曉潔妳不知道嗎？」亞嵐問。

曉潔搖搖頭。

「就是大壬館那座電梯啊，」亞嵐說：「很有名耶！大概就是有個學生獨自一人搭了那座電梯，然後經過某個樓層的時候，電梯打開，電梯門外站了一個認識的同學，但是他卻沒有進電梯。事後那學生問那位同學為什麼不進電梯，那同學回說電梯是滿的啊。」

「喔，」曉潔點著頭說：「我好像有聽過類似的故事。」

「就是那座電梯啊。」

「我還有聽過另外一個，」另外一個社員說：「就是有個教官因為聽到大家一直在說那座電梯，為了破除迷信，所以就特別去搭那座電梯，結果電梯上到樓上，什麼都沒有發生。教官就坐著電梯再回到一樓，誰知道電梯到了一樓並沒有停下來，反而繼續往下。妳知道大壬館沒有地下室，但是電梯還是繼續往下，最後當電梯門一開的時候……」

「開的時候怎麼了？」

「那教官看了門外，當場暈過去，最後被人發現他暈倒在電梯裡面。後來聽說他把這件事情告訴其他人之後，沒多久就死掉了。」

「這就是我們大壬館最有名的電梯啊。」

「對啊，大家都聽過了。」

「所以，零分。」

就這樣，在所有社員七嘴八舌的評論之下，第一個參賽者抱了個鴨蛋，理由是太老梗了。

第二個參賽者是一個住宿的大二學長，講述的故事是「樓上的聲音」。

故事是關於男生宿舍大崙館的事情。

據說以前有個僑生，暑假的時候沒有離開宿舍，當時宿舍已經關閉了，他是偷偷留下來的。想不到有一天他生了重病，但是根本沒人知道他在宿舍，結果就這麼病死了，過了一整個悶熱的暑假都已經死得不成人形，屍水流了滿地，直到開學才被人發現。

後來聽說常常有人半夜會聽到敲門聲，仔細聽還會聽到細微的呼救聲，似乎就是那個僑生在敲門求救的聲音。

另外還有一個學生，他因為喜歡上一個系上的女生，想要追求她，卻發現她跟另一個男生很要好，那學生一時想不開，搬了張桌子，就這麼在宿舍裡上吊自殺了。

由於這些事情都發生在大崙館五樓，自此之後，大崙館四樓就會經常聽到已經關閉的五樓有人在活動或搬動桌椅的聲音。

而講述這兩則故事的參賽者，表示自己現在就住在大崙館四樓，他也真的聽過搬動桌椅的聲音。

當時因為好奇的關係，他跑到五樓去看，結果看到五樓的門口被人用鐵鍊圍了起來，上面還掛著一個大鎖，鎖跟鐵鍊上都布滿了灰塵，看起來就像是已經圍了很久都沒有人去碰過，鐵鍊上還貼了一張紙，上面寫著「禁止進入，違者記過處分」。

因為看起來就覺得很恐怖，所以最後他就這麼作罷，沒有上去看了。

在場的社員中，有人因為是住宿生，所以已經有聽過這個故事。

但是對其他沒有住宿的社員而言，都覺得自己的學校有這麼一個禁止進入的地方，感覺很刺激。

「我喜歡他生活化的地方，隨處都可以聽得到桌椅搬動的聲音，下次聽到類似的聲音，都會讓我想起這個故事。」

其中一個社員給了這樣的評價，讓這個故事最後勉強及格，被評了六十分。

第三位參賽者是女生宿舍的大二學姊，講的是關於在女生宿舍聽到的故事。

比起男生宿舍，女生宿舍也沒比較好過。為了安全，女生宿舍會不定期晚點名，雖然是不定期，但時間是固定的，就是在晚上十二點過了門禁時間之後，舍監會抽幾個房間點名。

雖然說是點名，但自由度還是很高，多半不會開門查看，就只是在門口問一下人數而已。

有一次週末，其中一間寢室裡只剩下一個住宿生，其他人不是回家就是外宿，結果那天剛好碰到舍監點名。

舍監敲了敲門之後，在門口問人都到齊了嗎？雖然有人外宿沒回來，但那住宿生還是不假思索地回答到齊了。

只是在回答完之後，那住宿生才發現還沒到十二點的門禁時間，怎麼會提早點名？不過這件事她也沒放在心上，就這麼算了。

誰知到隔天她們寢室還是只有她一個人，然後又被點名了，她就覺得奇怪，舍監是隨便挑房間點名的，怎麼會昨天才點過，今天又挑中她們？是知道她們有人外宿故意來查的嗎？

第二天她問了其他寢室的人，才知道原來這週末舍監也回家去了，所以根本沒有人點名，也因此她認為一定是有人在惡作劇。

結果第三天晚上，寢室裡又是只有她一個人，其他人都還沒回來，還沒到門禁時間，又有人來敲門點名了。

這次她不再只是口頭回應，立刻跑去開門，想要看看到底是舍監還是有人在惡作劇。

然而門一打開，卻是什麼人都沒有，走廊上也沒看到人影。

她覺得奇怪，在門口看了一會之後把門關上，想不到門才剛關沒多久，她人都還沒走回位子，又有人敲門了。

她立刻又飛奔去開門，想不到外面還是沒人。

這下她有點怒了，心想到底是誰要做這麼低極的惡作劇，然後她關上門之後，就留在門邊不走了。

沒想到過沒多久，果然又傳來了敲門聲。

這次她不開門了，直接趴在地上，想要透過下面的門縫看看到底是誰在外面敲門。

結果一看之下，外面是一個人影，那人影一隻手敲著門，一隻手拿著一顆頭，那顆頭的眼睛緩緩移了過去，看到了那住宿生，然後說了句「啊，有人。」那住宿生就被嚇暈過去了。

「雖然故事的結尾有點突兀，不過我喜歡這個故事的結構。」

在有人如此評價之下，學姊的故事最後的得分是七十分。

緊接著的最後一位參賽者，同樣是來自於宿舍的大三學長。

打從一進來自我介紹，告訴大家他的名字叫做林冠修，大家就發現眼前這個參賽者，很可能是「第一屆恐怖都市傳說及靈異體驗說故事大賽」的冠軍。

他有著一張蒼白的臉，略顯消瘦的身材，有種風稍微吹得強大一點就會被吹走的感覺。

雖然臉色蒼白，但是他的眼圈卻宛如熊貓般昏黑。

不停轉動的眼珠，也在在透露出他精神狀況並不算好。

光是這行頭就已經讓在場的評審們議論紛紛，甚至有人低聲地說，光是造型就六十分了。

就在這萬眾矚目與期待之下，林冠修開口分享了他的自身經歷。

「我要說的，」林冠修用無神的雙眼看著遠方緩緩地說：「是我前天遇到的事情，親身經歷的事情。」

光是第一句話就讓眾人瞪大雙眼，期待這起「新鮮」的靈異體驗。

「我是住宿生，」林冠修接著說：「就住在大崙館四樓……」

聽到這裡，有人皺起了眉頭。

「前天晚上，」林冠修說：「我本來睡得好好的，但是卻突然被一陣聲響驚醒，那聲音聽起來就好像是……有人在樓上搬動桌椅的聲音。」

當林冠修這麼說的時候，在場所有人臉上頓時都浮現出失望的神情。

「問題是，」沒有注意到現場變化的林冠修還接著說：「大崙館五樓根本就沒有住人啊，那裡——」

「學長，」亞嵐打斷了林冠修：「不好意思，大崙館五樓的桌椅聲，剛剛已經有人說過了。」

亞嵐一臉歉意，被打斷的林冠修張著嘴，有點訝異也有點不知所措地看著所有人。

繼第一位參賽者之後，看來又有一位要拿鴨蛋了。

如果是這樣的話，那麼冠軍應該就是……大二學姊。

「不好意思，」亞嵐用手比了比門口說：「不過還是謝謝你的參與。」

林冠修愣愣地站起身，原本看起來就弱不禁風的他，此刻看起來更顯失落與可憐。

林冠修轉過身，朝著門口走，走沒兩步突然停了下來，然後轉過頭來對著眾人說：「那麼……前面那位同學，有沒有說該怎麼辦？」

「啊？」對於他的問題，所有人都覺得有點突兀：「什麼該怎麼辦？」

「我……會沒事嗎？」林冠修瞪大雙眼，一臉恐懼地問。

這幾句話讓亞嵐覺得有點詭譎，皺著眉頭問道：「聽到聲音之後你有做什麼嗎？」

林冠修緩緩地點了點頭說：「我……上去五樓……」

「然後進不去，因為門口鎖著不是嗎？」沒等林冠修說完，其中一個社員有點不耐煩地插話道：「那有什麼好怎麼辦的？難不成你想撬開鎖溜進去看嗎？」

林冠修搖搖頭說：「沒有鎖啊，門……就開著啊，所以我……我就……」

聽到林冠修這麼說，讓所有人臉上的失望全部消失不見。

「你有進去嗎？」亞嵐代表所有人問。

「……有。」林冠修瞪著雙眼答道。

第6章・地縛靈

1

那不是我第一次聽到這個聲音了。

事實上，那聲音就好像有人透過天花板在看著我的作息一樣，總是在我躺在床上，而且就快要睡著的時候響起。

嘰——砰。

就好像有人在樓上拖著桌子或椅子劃過地板的聲音，然後粗魯地將桌腳砸向地面。

而我也總是會在這樣的聲響之後，被嚇到從床上跳起來。

我不是第一年住宿，雖然先前不是住四樓，但是五樓沒有人住的這件事情，我早就知道了，當然關於五樓那些鬼故事，我也早就聽過了。

不過我一直都不相信那些，每次被吵醒，我都認為是那些因為無聊的故事去五樓探險的同學發出來的聲響。

所以我的反應幾乎都是一樣，咒罵個幾句之後就轉頭繼續睡了。

但是前天，我一直覺得頭很暈，身體很不舒服，所以很早就躺在床上睡覺了。

在我幾乎就快要睡著的時候，那聲音又再度響起，把我從逐漸靠近的夢境中拉回來。

雖然很火大，但是一如往常的，我轉身想要繼續睡。

過去，那聲音吵醒過我一次之後，就會安靜下來。當然我當時認為應該就只是那些喜好刺激的同學，不經意或根本就是故意搞出來的，他們不會一直這樣搞，不然肯定會讓更多人不爽。

可是前天不一樣，在吵醒了我一次之後，接著第二次、第三次……就這樣一而再、再而三的吵醒我，我非常火大，這一次我打算衝上樓，把那群只知道享受刺激，卻完全不管其他人的自私同學好好臭罵一頓。

憑藉著這股怒火，我直衝到五樓，但是一到了五樓門口，我就知道自己錯了。

你們說那扇門本來是被鎖鍊鎖起來的？這個我不知道，因為在這之前我從來沒上去看過，也沒興趣上去，不過前天我上五樓的時候，門是大開的。

只是當我看著那昏暗的走廊時，我就知道在裡面的絕對不是什麼尋求刺激的同學。

我覺得很可怕，立刻想要轉身逃回樓下，但是……

我不知道該怎麼跟你們說，我真的非常恐懼，也想轉身逃走，但是……我的雙腳卻一步步走過那扇門，朝著走廊深處走去。

不是不受控制，該怎麼說呢？我很清楚自己在往裡面走，雖然心裡想逃，但是當下我也不知道自己怎麼了，卻一直往前走。

五樓的結構跟我們四樓沒有什麼兩樣，我也絕對不是沒看過我們走廊昏暗時候的模樣，有幾次週末，我沒有回家，留在宿舍，那時候的走廊到了晚上，其實也差不多。

可是那走廊卻不是這樣，雖然只是特別昏暗，但是卻有種難以形容的氣氛，跟週末假日時候的宿舍完全不一樣。

我真的恐懼到了極點，我不記得我曾經那麼恐懼過，但是我的雙腳卻一直往走廊深處而去，走入那光線也無法到達的走廊深處，走到我全身都淹沒在一片黑暗之中，黑暗到我已經不知道自己到底身在何處，只知道我的雙腳一直不斷地向前走。

在黑暗之中，我懷念起過去的一切，我想念那熟悉的宿舍，我想念那熟悉的床，我想念那熟悉的同學們，我甚至開始痛恨自己的脾氣，我永遠都不該失去冷靜，上樓想要看清楚，不過就只是吵了點嘛，有必要拿自己的生命開玩笑嗎？

就在我萬分後悔的時候，我發現自己的雙腳停下來了。

四周都是一片漆黑，我說的漆黑，是那種伸手不見五指的漆黑。

我不知道自己在哪裡，我甚至不知道自己到底該朝哪個方向走才是回去的路。

你們……有體會過極度恐懼的情況嗎？

佇立在黑暗之中，我發現我的生理好像倒退了好幾個世紀，回到了人類還是史前生物的時代，這就好像是一種生物本能一樣。

雙眼在這片黑暗中毫無半點用途的情況之下，我其他的感官都甦醒了，但是這種甦醒，卻不是因為環境，而是因為我感覺生命受到了威脅。

我的皮膚、毛細孔，全部都聳立起來，像是發瘋的想要在這片黑暗之中得到一點訊息，判別現在的狀況。

那時候恐怕就是一陣風吹過，也會嚇破我的膽吧？

就在這種情況之下，我不知道佇立了多久，只知道我的體力正在迅速流失。全身處於警戒狀態之下，實在不是一般人所能負荷的，也因為這樣，我感覺到無比的勞累。

就在我覺得光是站在那邊，我都快要暈倒的時候，我感覺到了，我的身後有點動靜。

絕對不要回頭！

我這樣告訴自己，但是就好像那時候踏入那扇門的情況一樣，我的頭，又自己緩緩地轉過去。

……那是我這輩子看過最恐怖的畫面。

在一片黑暗之中，我什麼都看不到，只看到一對又一對的雙眼。

那些眼睛只有眼白，一個接一個，有前有後，一整片的白色雙眼，密布在這片黑暗的空間之中。

……我想我可能暈過去了吧。

第二天，我醒在自己宿舍的床上，整張床被我的汗水染濕，我慶幸自己活下來了，我也想要告訴自己，那只是一場夢。

我不敢再靠近那個地方，甚至不敢回宿舍，第二天上完課之後，我逃下山，找了間旅社，想要在那邊好好休息，等我心情平復一點之後再做打算。

在旅社的那晚，也就是昨天晚上，我以為只要遠離宿舍，一切都會平靜下來。

只要遠離那層樓，遠離那個會逼人瘋狂的地方，我就可以得到平靜。

雖然早上我在自己的床上醒來，但是我卻不覺得自己曾經睡過。

在旅社的床上，我期待可以好好睡個一覺。洗完澡之後，我立刻躺在床上，全身放鬆，很快就昏昏欲睡。

然後，就在我即將進入夢鄉之際……

是的，我又聽到了那個聲音。

嘰——砰。

就好像在宿舍聽到的聲音一樣。

我嚇到整個人從床上跳起來，全身上下都冒著冷汗，原本已經襲來的睡意，這時也全部都消散了。

我整個人就這樣縮在旅社的牆角，渾身顫抖不已。

我不想要自己一個人待在旅館，我衝出旅社，一個人在大街上遊蕩，只要哪裡人多，我就往那裡去，最後坐在路邊，不知道自己還能去哪裡。

結果我就這樣在路邊睡著了，一直到一個警察把我叫醒，他帶我回警局，以為我是喝醉了。

他們問我發生什麼事，我根本不知道該怎麼告訴那些警察，說不定我還會被當成瘋子或者是喝醉酒的大學生。

我就這樣一直待在警局，度過了一夜，天亮之後，我告訴警察我今天還有課，需要回學校。

他們在登記了我的名字之後，讓我離開警局。

但是我是騙他們的，我並沒有回到學校，我不敢回來，只能繼續待在人多的地方。

後來我意識到，我需要回宿舍一趟，我需要換洗的衣物，更需要錢。

沒有錢，我沒辦法繼續在外面找地方住，沒有錢，我甚至沒辦法吃飯。

在沒有辦法的情況下，我回到學校，準備速戰速決，衝回宿舍拿了錢就走。

而就在我經過宿舍前面的時候，我聽到了……那位同學，正在找人要參加什麼恐怖都市還是靈異的比賽。

我沒有多想，立刻說我要參加。

透過這個比賽，或許我可以找到跟我一樣遭遇的人，也或許，我只是想要告訴別人我發生的事情。

至少，在這邊把我發生的事情說出來，不見得會被當成瘋子，就算你們不相信，頂多也只是被當作一個鬼故事而已。

……這個，就是我的故事。

2

在林冠修說完這個故事之後，現場幾乎有好一陣子，都沒有人發出任何聲音。

在這種低層次的比賽之中，可以聽到如此的故事，讓眾人一時之間完全無法反應過來。

「太可惜了！」其中一個社員大聲叫著：「如果他不是跟前面重複，他一定是冠軍！」

「等等，」另外一個社員抗議：「比賽的順序不應該影響我們評分的標準，因為如果先上的是這位學長，剛剛前面那個肯定零分。」

就這樣眾人七嘴八舌地討論著這個故事應該得到的分數。

林冠修在前面有點不知所措，似乎對於大家只專注在幫他打分數，感到有點莫名其妙。

林冠修先是愣了一下之後，眼看沒有人理會自己，只好低著頭，朝著社辦的門口走去。

比賽的主辦者亞嵐並沒有加入討論，在聽林冠修故事的時候，亞嵐就非常在意曉潔的反應。

曉潔從頭到尾都很認真地聽著林冠修的故事，只是臉上的表情越來越沉重。

故事說完之後，當大家在討論著林冠修的分數時，曉潔的雙眼仍然緊緊盯著林冠修，就好像那雙眼睛是X光機一樣，可以透視林冠修的靈魂，看穿他剛剛故事的真偽。

這讓亞嵐感到好奇，所以靠過去曉潔那邊，拍了拍曉潔的肩膀問道：「曉潔，妳發現什麼了嗎？」

「事情不太對勁。」

「怎麼說？」

「妳沒看到嗎？」曉潔用下巴比了比正要走出社辦的林冠修說：「他的腳跟沒有著地。」

3

「對我們鍾馗派的法師來說，每一個人都有自己第一次遇到的地縛靈。」

這是在講解地縛靈的時候，阿吉告訴過曉潔的話。

「不論東方還是西方，在傳統的信仰與宗教之中，常常都有以天為父，以地為母的概念。」阿吉向曉潔解釋：「不管是塵歸塵、土歸土的概念，還是中國傳統的風水，都對我們所生存於其上的『地』，有著許多講究與學問。正因為我們人類在世時，幾乎都是生活於地之上，因此在所有的靈體之中，也以地縛靈最為普遍與常見。因此，鍾馗派的法師，才會有這種說法。」

曉潔瞪大了雙眼，因為這可能是第一次曉潔在阿吉身上看到了洪老師的影子。

「就算妳不是法師，」阿吉接著說：「妳也很有機會遇到地縛靈。它們存在於世上的每個角落，在充滿事故的十字路口，在一棵存活多年的大樹之下，在陰暗無人的地下室角落，甚至是路口隨機的一根路燈之下。大部分的時間，妳會經過它們，完全不知道它們的存在。甚至在正確的時間，妳可能親眼看過它們，只是妳不知道它們是地縛靈。不過在大部分的情況，就算妳看到、知道對方是地縛靈，也不會有什麼事情。可是由於數量龐大，加上分布於各個角落，相對的出事機率也比較高。幾乎大半以上卡到陰的情況，都是地縛靈或者地縛妖之類的居多，所以才會有那句話。」

「那你呢？」曉潔皺著眉頭問：「你的第一個地縛靈是什麼情況？當然，我說的是在沒有呂偉道長在場的情況之下，你自己一個人遇到的。」

「那時候我才十八歲，記得在那之前不久我才剛去考過駕照而已。」阿吉瞇著眼睛說：「不過我對地縛靈的熟悉，跟一般剛出道的道士完全不可同日而語。這當然也是拜我師父所賜，我見過的地縛靈，沒有一百也有五十。但是當我自己一個人獨自遇到地縛靈的時候，那情況還真是嚇了我一跳。」

曉潔聽了瞪大雙眼，看著阿吉，期待他繼續說下去。

「嚴格說起來，」阿吉笑著說：「我並沒有遇到所謂的『人生第一個地縛靈』，因為我的第一次，就是遇到滿滿七七四十九個地縛靈。我不是亂講的，如果同樣的狀況是別人遇到啊……嘿嘿，包準屁滾尿流，沒蓋妳。」

「喔？」曉潔問：「為什麼會有那麼多？一次嗎？」

「嗯，」阿吉點了點頭說：「當然不可能沒有原因，在某些情況之下，鬼魂與鬼魂之間也會產生某些連結，這種情況就叫做『共靈』，在之後的口訣妳會學到，總之，我就是遇到了，人生第一次四十九個地縛靈。」

「所以你有解決嗎？那四十九個地縛靈。」

「沒解決……」阿吉白了曉潔一眼：「我還能在這邊跟妳說話嗎？」

「怎麼解決的？」

「妳是不是忘記了，」阿吉搖搖頭說：「我們時間不多，妳是打算在么洞八廟住下來嗎？我們時間有限，妳還有很多口訣要學。等口訣都學完之後，我再好好告訴妳這個故事。」

當然當時，不管是阿吉還是曉潔都沒有想到，曉潔將永遠沒辦法知道這個故事的後續。

4

「我有印象，」亞嵐拍著自己的頭說：「我有看過這樣的電影。是《見鬼》嗎？不對，應該是過去的港片……《靈幻先生》嗎？總之片中好像有說到，就是因為鬼魂跟在那個人身後，墊住那個人的腳跟，所以腳跟才不會著地。所以那個學長是不是跟迎新的那個學長一樣，被鬼上身了？」

「應該不太一樣，」曉潔皺著眉頭說：「腳跟不著地，雖然不能一口斷定是什麼情況，不過從他說的故事來看，我推測應該就是地縛靈作祟。」

「所以妳的意思是，」亞嵐皺著眉頭問曉潔：「那個學長很有可能被地縛靈纏住了？」

「說纏住也不太對，」曉潔側著頭說：「不過大概就是這個意思。」

當然，此時兩人已經離開了社辦，來到學校附近的一間餐館裡面。

這時已經過了放學與用餐時間，因此周遭並沒有太多學生，兩人挑了一個最角落的位置坐下來。

「如果沒有意外的話，」曉潔向亞嵐解釋：「那學長遇到的就是我們俗稱的地縛靈，當然，我們的門派也稱它為地縛靈，畢竟這名稱當初就是從我們門派傳出來的。地縛靈有很多不同的形態，有的只是被束縛在同一個地方，不會作亂也不會作怪。只有在某些時刻，會不經意的與其他人擦肩而過。妳還記得我們曾經在社團看過一些靈異照片嗎？那就是最好的例子，我聽我以前的導師說過……」

「導師？」亞嵐一臉狐疑：「妳是說師父吧？」

「我不是很習慣叫他師父，」曉潔笑著揮揮手說：「不過就是那傢伙啦。」

「那傢伙……」亞嵐苦笑：「妳還真是尊師重道。」

「妳沒見過他，」曉潔白著眼說：「不然妳會覺得那傢伙的稱呼對他來說是非常恰當的。扯遠了，回來。」

亞嵐點點頭。

「如果把這個世界分成陽間跟陰間，」曉潔接著說：「地縛靈就是飄浮在這陽間與陰間的交界之中。偶爾與人有所交集，就像那些靈異照片一樣被人拍下來，如此而已。這樣的地縛靈，當然不需要在意，不過另外一種地縛靈就很危險了。它們被困在同一個地方，不停反覆受著同樣的痛苦，日復一日、年復一年。它們渴望解脫，它們希望逃脫，所以……」

曉潔話還沒說完，亞嵐立刻接著說下去：「所以它們會抓交替。」

「對，」曉潔笑著說：「妳果然很有慧根。」

「嘿嘿，」亞嵐一臉得意地說：「開什麼玩笑？妳以為我的恐怖片都是白看的嗎？我也算是半個職業的。」

「總之，」曉潔攤了攤手說：「大概就是這樣。」

「所以妳覺得，」亞嵐問：「那學長遇到的是抓交替的嗎？」

「對。」曉潔沉著臉點了點頭。

「那怎麼辦？」

「如果不管他，」曉潔皺著眉頭說：「他很可能會在這幾天……自盡或發生意外吧。」

「啊？」亞嵐張大了嘴：「那麼嚴重？」

「我也不是很確定，照理來說是這樣啦……」曉潔臉上露出了猶豫的表情。

「啊？」這下亞嵐有點混亂了：「妳不是說……所以到底是會不會有事？」

「理論上來說是有事，」曉潔尷尬地說：「就我所學的口……東西來說，是明確地指出他會出事。就像口……裡面說的『曝於日而不悔』，地縛靈離開了自己的地方，對鬼魂來說就已經是一種執著，既然可以做到這種地步，就不可能輕易善罷甘休。」

曉潔到現在還是不敢直說自己學到的東西就是所謂的口訣，不過有時候又會忘記，不小心就開了個頭，不過還好亞嵐也沒有注意，只是順著聽下去，沒有太大的問題。

「所以，」亞嵐將雙手盤於胸前，看著曉潔說：「就是妳所學的東西，告訴妳他會出事，但是妳卻從來沒遇過，所以妳也不敢拍胸脯保證，是不是這樣？」

曉潔先是點了點頭，然後接著說：「事實上，我以前也被鬼魂纏過，不過不一樣的是，我的是人縛靈，他的是地縛靈。」

「人縛靈？」亞嵐一臉訝異：「完全沒聽過，那是什麼東西？」

「就是有點不一樣的鬼魂，」曉潔說：「當時纏著我的，是會跟著我到天涯海角的人縛靈，因為它是以人為目標的，跟地縛靈不一樣，地縛靈是……」

「在固定地方的。」

「對，」曉潔點著頭說：「所以那學長只要離開那邊，理論上就不會有事。但是，它一定會想盡辦法讓學長回去。它會出現在旅社，就是想要讓他有種錯覺，認為它會跟著他到天涯海角，到哪裡都沒差的感覺，目的就是要騙他回去。」

「鬼也會騙人啊？」

「會，」這點曉潔非常肯定：「不管任何鬼魂，都會用各種詭術來騙人。這不只是唬弄人來達成它們的目的，也是為了自保。」

「自保？」

「嗯，」曉潔點了點頭說：「一旦它暴露出自己是哪一種的靈體，對我們鍾馗派來說，就不算什麼難解的問題。」

「所以妳有辦法救那學長嗎？」

聽到亞嵐這麼問，曉潔突然愣了一下，然後低頭沉吟了一會之後，緩緩地點了點頭說：

「妳等等去找那學長。今天晚上，無論如何都不能讓他回宿舍，知道嗎？」

第7章・第一個地縛靈

1

與試膽大會時不一樣的是，這一次曉潔終於有點時間可以準備一下。

雖然已經在么洞八廟住了一年多，但是在平時忙於課業，假日還有滿滿的自我鍛鍊課程的情況之下，其實曉潔一直都沒有好好逛過整座么洞八廟。

雖然大概知道哪些房間是做什麼的，但法器收在哪裡，曉潔完全沒有概念。

因此到頭來還是不得不找在廟裡服務已久的阿賀或何嬤幫忙。

兩人得知曉潔要準備一些法器，都是用吃驚的表情看著曉潔。

阿賀從倉庫拿出曉潔所需要的法器，並且將那些法器放在曉潔面前，看了曉潔一眼之後，低聲地問：「妳確定……妳準備好了嗎？我的意思是……這不是玩笑，阿吉如果知道……」

「我想曉潔很清楚她自己在做什麼，」何嬤兩手捧著一個箱子，走了進來，「她跟阿吉不一樣，她不是那種人來瘋的小毛頭，整天爬高爬低，不管怎麼勸都勸不聽的野小孩。」

聽到何嬤這麼說，阿賀與曉潔臉上都是先浮現出笑容，然後又沉了下去。

雖然距離阿吉「失蹤」已經一年多了，但是很明顯對廟裡面的人來說，還不足以完全淡忘他的存在。

阿賀點了點頭，然後走了出去，何嬤將手上的箱子放在桌上。

所有可能需要的法器都已經放在桌上了，所以曉潔完全不知道何嬤拿的箱子裡面裝什麼東西，用狐疑的表情看著箱子。

「阿吉曾經說過，」何嬤說：「如果有一天妳要我們幫妳準備法器，就要我把這個東西交給妳。」

「什麼東西？」

何嬤挑了挑眉，要曉潔自己打開來看。

曉潔摸著箱子，沉吟了一會之後，大概猜到裡面是什麼東西了。

在鍾馗派的法器之中，會用到一個箱子裝的，大概就只有那個東西了。

阿吉是在什麼時候幫她弄一個的？

曉潔不知道，但是對她來說，這將會是一個極具意義的東西。

曉潔深呼吸一口，幾乎已經非常確定自己打開箱子之後，會看到什麼東西。

因此，她需要一點心理準備。

對鍾馗派的人來說，最重要的法器，就是鍾馗戲偶了。

每一個鍾馗派的道士，肯定都有一個屬於自己的本命戲偶，就好像阿吉擁有那尊讓他成為傳奇故事一般流傳的本命戲偶，也就是被人稱為「刀疤鍾馗」的鍾馗戲偶。

想不到阿吉打從一開始就安排好了，他知道自己可能不見得可以度過那次危機，所以在危機之前，他請人準備好了一切。

他不想鼓勵自己走上道士的道路，事實上，阿吉從來不曾要求過曉潔任何事情，只要她守住這座廟與口訣，讓它們不至於落入錯誤的人手上就好。

但是，當自己要使用這些口訣的時候，阿吉也準備好了。

眼前這個箱子就是最好的證明。

這就是阿吉的貼心，即便他很不擅長表現自己比較溫柔的一面，但不管是為了保護自己的學生，還是對抗那些走入歧路的同袍，他都用行動證明了自己。

想起了這樣的阿吉，又再度讓曉潔熱淚盈眶。

我一定不會讓你的心意白費的，我會好好珍惜這個戲偶。

心中這樣發誓的曉潔，緩緩地打開了箱子。

嗯？

她愣愣地看著箱子，用手拭去那些遮住視線的淚水。

「這……」曉潔難以置信地看著箱子裡面：「這什麼鬼啊？」

箱子裡面裝的並不是什麼鍾馗戲偶，而是跟阿吉之前所穿的道袍有著一樣閃閃發光的金色道袍。

「阿吉說，」何嬤似笑非笑地說：「佛要金裝、人要衣裝，對一個道士來說，最重要的就是要擁有一件閃閃發光的道袍。」

聽到何嬤這麼說，曉潔的臉整個垮了下來。

那金光閃閃的道袍曉潔連拿都不想拿出來，打算就這樣直接再把箱子合起來。

正準備要把箱子合起來的時候，曉潔總覺得有哪裡怪怪的。

為什麼要用這麼大的箱子呢？

曉潔之所以會認為裡面裝的應該是鍾馗戲偶的原因之一，就是因為這個箱子有點高度，看起來就很適合裝戲偶，如果只是裝一件衣服的話，何必用這麼高的箱子呢？仔細看了一下箱子裡面，感覺道袍放置的高度還挺符合這個箱子的高度，這布料看起來不應該有那麼厚啊，該不會下面還有……

曉潔總覺得道袍底下應該還有什麼東西，於是又懷抱著一點點期待的心情，伸手進去將金黃色的道袍取了出來。

啊咧……

曉潔眨了眨眼，簡直不敢相信自己的眼睛。原本還有點期待黃金道袍只是鋪在上面的一個小玩笑，下面真的會放著一尊鍾馗戲偶，想不到底下放的竟然是自己曾經穿過的，那套跟貼了符的衣服沒什麼兩樣，阿吉特別訂製的兔女郎裝。

「阿吉說，這件衣服丟掉太可惜了。」何嬤笑著說：「所以他決定大方點，兩件一套送給妳。」

聽到何嬤轉述阿吉的話，曉潔完全笑不出來，臉臭到不能再臭。

就在曉潔還愣在原地的時候，手機突然響了起來。

曉潔看了一下，是亞嵐打來的。

「曉潔，對不起，」一接起電話就聽到亞嵐的聲音說道：「我已經試圖要阻止他了，但是他就好像瘋了一樣。快點來，我怕我阻止不了他。」

2

亞嵐找到了林冠修之後，將曉潔的話告訴了林冠修。

原本就已經走投無路，也不打算回宿舍的林冠修還算相當配合，沒有多說什麼就答應亞嵐與她一起行動。

打從一開始林冠修之所以會參加那個比賽，本來就是希望能夠找到一些可以幫助自己脫離目前困境的線索。

雖然對亞嵐的提議半信半疑，但是在亞嵐的陪同之下，兩人還是離開了學校，到了比較熱鬧的市區。

C大學在陽明山上，兩人離開山區，來到了比較熱鬧的市區，並且在市區的一間速食店坐下來。

曉潔告訴亞嵐，自己需要回家去拿些東西，因此亞嵐的責任，就是在曉潔回來之前，跟林冠修兩個人一起待在這間速食店就可以了。

這絕對不是一個困難的任務。

在人潮的包圍與明亮的燈光之下，林冠修感覺安心許多，食量也因此大增，兩人與周圍其他的人一樣，安心地吃著眼前的餐點。

比起試膽大會的情況，這個任務真的簡單太多了。

然而就在亞嵐這麼想的時候，林冠修突然停下了所有動作。

「怎麼啦？」亞嵐擔心地問道。

林冠修抬起頭，似乎有點不太清楚自己為什麼會身在此處，雙眼顯得有點茫然。

他看著眼前的亞嵐，愣了一會之後，突然喃喃自語地說：「我要回去了。」

「啊？」

無視於亞嵐的訝異，林冠修說完立刻站起身來朝著門口走去。

亞嵐見了，立刻上前拉住林冠修的手。

「等等，你怎麼了？為什麼突然……」

亞嵐一邊說，林冠修卻沒有半點停留的意思，雖然亞嵐抓住了林冠修的手，但是林冠修輕輕鬆鬆就甩開了亞嵐的手。

看著林冠修突然轉變的態度以及將自己的手甩開的力量，亞嵐聯想到了在試膽大會上的林家恆。

當時被鬼上身的林家恆就好像林冠修這樣，完全沒辦法溝通，差別只在林家恆不會講話，而林冠修會講話而已。

兩人的大動作已經吸引了其他用餐者的注意，亞嵐感到有點不好意思，因此只能跟著林冠修一起走出速食店。

離開速食店的林冠修，筆直地朝著自己的機車而去。

一開始就是由林冠修騎著機車載亞嵐下山的，因此當林冠修戴好安全帽跳上機車的時候，亞嵐沒有別的方法，只能照做，不過在上車之前，亞嵐立刻打了電話給曉潔。

一路上，亞嵐竭盡所能想要勸阻林冠修，但是無奈兩人在車上，亞嵐不敢有太多其他動作，只能用口頭勸告，以免發生危險，但是機車始終一路朝山上而去。

林冠修車騎得有點慢，這對亞嵐來說，當然不算是件壞事，但是兩人還是朝著學校而去，過了一段時間之後，熟悉的學校已經出現在兩人眼前。

一路上亞嵐已經打定主意，等到機車停好之後，自己將不顧一切，說什麼也不會讓林冠修回到宿舍，哪怕需要使用一點蠻力也在所不惜了。

林冠修將機車停在學校附近的一個機車停車格上，機車還沒有停穩，亞嵐就已經跳下機車，等林冠修停好下車的時候，亞嵐已經站在林冠修前面，張開雙手準備阻止他回宿舍。

「學長！停下來！不要再……！」

林冠修完全無視亞嵐的阻撓，伸手一推就讓亞嵐向後一連退了好幾步。

推開亞嵐之後，林冠修也沒有追擊的意思，轉身就要朝校門走去。

亞嵐眼看完全沒有辦法阻止，也不管三七二十一，直接撲向林冠修的背後。

亞嵐先是從後面抓住林冠修的手，但是完全沒辦法阻止林冠修，反而是自己被他往前拖，眼看力量比不過林冠修，亞嵐鬆手之後快跑幾步，繞到林冠修的旁邊，勾了林冠修的腳。

林冠修被這一勾，腳步也有點踉蹌，兩人就這樣一拉一扯，看起來就好像一對情侶在吵架一樣，結果林冠修最後還是被亞嵐勾倒，兩人就這樣拉拉扯扯地跌出了道路外。

在停車場往學校方向的道路兩旁，有幾片荒地上面長滿了雜草，兩人就這樣跌到了其中一片荒地上。

兩人在荒地中扯在一塊，不過幸運的是，林冠修並沒有任何想要攻擊亞嵐的企圖，只是想盡辦法要甩掉不斷纏住自己的亞嵐，因此並不算危險。

亞嵐這邊竭盡所能希望可以讓林冠修倒在地上，阻止他爬起來，只要他爬不起來，亞嵐要阻止他就比較簡單了。

就在亞嵐覺得自己快撐不下去的時候，突然從道路上傳來了一個熟悉的聲音。

「亞嵐？」

亞嵐轉過頭看，說話的人是曉潔的直屬學長，也就是系學會的會長詹祐儒。

原來正準備回家而來牽車的詹祐儒，遠遠就看到了亞嵐與林冠修。

只見兩人不知道是不是在起什麼爭執，一陣拉扯之後，就跌進道路旁邊的一塊小荒地。

在猶豫了一會之後，詹祐儒還是有點擔心亞嵐的情況，所以特別過來看了一下。

「你們在幹嘛？」

「快點！」亞嵐看到詹祐儒立刻叫道：「學長！幫我一起阻止他！」

然而就在亞嵐這麼一分心之下，林冠修朝旁邊一滾，脫離了亞嵐的壓制，迅速地爬了起來。

「阻止他！」亞嵐叫道。

詹祐儒雖然有點猶豫，但還是站到了林冠修的面前，伸出手想要阻止林冠修。

林冠修完全沒有停頓，胸口一挺便撞開了詹祐儒的手，接著向前一步將擋在前面的詹祐儒給撞開。

「真沒用！」亞嵐抱怨道：「快點抱住他，不要讓他跑了。」

聽到亞嵐這麼說，一向好面子的詹祐儒也有點動氣了，衝到林冠修身後，朝他背上跳上去。

詹祐儒從後面像螃蟹一樣，兩手扣著林冠修的手，兩腳則向前一纏，纏住了林冠修的腳。

「我就不信這樣還制不住你！」詹祐儒咬牙切齒地說。

林冠修在被詹祐儒從後面這樣一夾，整個人頓時失去平衡，向後一倒，將詹祐儒整個壓在身體下面。

「嗚喔！」詹祐儒口中發出哀號，但是手與腳卻完全不敢鬆懈下來，仍然死命地夾著林冠修。

倒在地上的林冠修卻沒有這樣罷休，四肢仍然不斷掙扎，眼看林冠修可以掙脫，一旁的亞嵐也不管三七二十一，整個人往林冠修撲上去。

亞嵐一撲上去，壓在最底下的詹祐儒又是一陣哀號。

此刻的詹祐儒被兩人壓在地上，必須承受兩個人的重量，讓他感覺全身骨頭似乎都快被壓碎了。

林冠修則像是三明治一樣，被詹祐儒與亞嵐兩人夾在中間，一時之間也算是被壓制住了。

「阻止他了，」詹祐儒痛苦地叫道：「然後呢？嗚喔。」

「然後……撐到……曉潔來。」壓制在林冠修身上的亞嵐痛苦地說。

「啊？」

三人就這樣好像夾心餅乾一樣，疊成一塊，開始了他們耐力與持久力的競賽。

身為夾心的林冠修不停地掙扎，想要從夾縫中鑽出去，而詹祐儒與亞嵐則死命地夾著林冠修。

兩人的力量快速地流失，但是林冠修的力量卻是源源不絕的感覺。

在此消彼長的情勢之下，林冠修終於慢慢地掙脫開來，從兩人之間慢慢地擠了出去。

「不行了！」詹祐儒叫道。

可是話還沒說完，林冠修身子一扭，已經從兩人之間扭了出來。

頓失夾心的亞嵐與詹祐儒兩人撞在一起，林冠修則是頭也不回地準備走出這片荒地。

糟了！

兩人都知道林冠修這一出去，恐怕就會一路回到宿舍，但他們也已經筋疲力盡，可能沒辦法追上了。

……一切都來不及了。

就在兩人這麼想的時候，林冠修已經離開了荒地，走上了馬路。

突然不知道怎麼了，林冠修身形一閃，整個人竟然飛回了荒地，最後跌在兩人身邊。

就在兩人還完全搞不清楚狀況的時候，一個身影出現在馬路上。

「曉潔！」亞嵐開心地叫道。

來的人正是曉潔，在接到亞嵐的電話之後，曉潔立刻要阿賀開著阿吉的紅色跑車，盡快載自己趕回學校。

然而因為紅色跑車太高調，曉潔要阿賀停在距離學校稍微遠一點點的地方，下車之後曉潔便立刻往學校跑，想不到在半路就遇到了林冠修正從荒地走出來。

看到林冠修，曉潔二話不說，從自己側揹的袋子裡面，拿出一張符貼在林冠修的胸口。符一貼上去，林冠修立刻好像被人重重地打了一拳一樣，朝身後的荒地飛去。

曉潔這邊沒有半點停頓，眼看林冠修飛回荒地之後，立刻伸手朝袋子裡面一摸，手伸出來的同時也撒出了一把鹽。

就這樣一連撒了三把鹽，曉潔輕聲地唸著口訣：「貼一張驅魂符，擲三缽破縛鹽。」一直到現在，曉潔還是沒辦法像阿吉那樣大聲地唸出口訣，只敢用只有自己聽得到的聲音唸。

唸完口訣之後，曉潔從袋子裡面掏出了一把銅錢劍，並且朝林冠修的身邊走去。

此時林冠修剛好站起來，曉潔迅速地繞到他後面，並且朝著林冠修的背部，將自己手上的銅錢劍由下往上一揮，啪的一聲，一個身影竟然好像從林冠修身後跳出來一樣。

那身影跳出來後，就這樣直立在林冠修的身後，而林冠修在愣了一會之後，就好像失去了力量一樣，整個人身子一軟，倒在地上。

「好了，」曉潔轉過來對亞嵐笑道：「還好趕到了，應該沒問題了。」

「啊？」

聽到曉潔這麼說，亞嵐與詹祐儒兩人張大了嘴，看著那個站在原地的身影。

那身影依稀透著白色的光，看起來有點像一團白色的煙霧，雖然看不清楚每個部位，但是可以清楚地看出這個白色身影有著人形的輪廓。

「這樣……就可以了？」亞嵐看著身影一臉狐疑地問。

「……應該……是吧。」曉潔聳了聳肩。

的確對曉潔來說，對付眼前這個地縛靈，自己就好像是一個看著食譜在做菜的新手一樣。

就口訣來說，地縛靈有可能會想盡一切辦法將林冠修拖回宿舍，但是只要用銅錢劍斬斷兩人之間的束縛，地縛靈就沒有辦法作怪。

跟人縛靈不一樣的是，地縛靈在離開自己的地方之後，就沒有那麼大的威力可以攻擊人了。

不過理論歸理論，對曉潔來說，這也是第一次實務的經驗。

因此，曉潔也不敢十分篤定。

就在這個時候，那身影突然有了動作，朝著馬路飄了過去。

曉潔知道這是因為地縛靈終究還是得要回去那個束縛它的地方。

「追上它！」

曉潔說完立刻跟著地縛靈跑過去，亞嵐與詹祐儒兩人愣了一下之後，也立刻追上去。

在將所有口訣交給了曉潔之後，阿吉這麼告訴曉潔。
「如果有一天，妳打算踏上跟我們一樣的路，我必須跟妳說……」
「什麼路？」
「……降妖伏魔的路。」
「放心！」曉潔毫不猶豫地說：「我完全沒有打算成為道士，哪怕只有一點點，都、沒、有。」
阿吉聳了聳肩說：「但是妳腦袋裡面，已經裝了世界上最能降妖伏魔的口訣，所以我想我還是得告訴妳這個前提。」
「前提？」
「嗯，」阿吉點了點頭說：「不是所有鬼魂都需要被收服，更不是見鬼就打鬼，收與不收之間，必須要有一條界線，越過那條界線的，我們才收。」
曉潔聽了似懂非懂地點了點頭。
「就好像生與死的界線一樣，陰與陽之間，也應該有條線。」
「可以說得明確一點嗎？」
「可以，」阿吉說：「一旦它有害人的意思或行為，就是越過了陰陽界線，這就是我們的線。」
這是阿吉曾經跟曉潔說過的話。

因此曉潔必須追上去弄清楚，如果這個地縛靈本身並不是什麼凶惡的靈體，只是碰巧或者是林冠修做了什麼，才會有這樣的結果，那麼就算是線內，但是如果它是一直停留在那裡，準備繼續等待或吸引下一位受害者的話，那就百分之百是在阿吉所說的線外了。

那麼到時候，曉潔就必須要除掉它。

三人追著那個地縛靈穿過街道與校門，一路朝著校地深處而去。

既然是從那裡起頭的，最後終究還是會回到那裡去。

果然過沒多久，男生宿舍大崙館就出現在三人眼前。

那地縛靈衝入大崙館之中，曉潔也不管那麼多，跟著衝了進去，後面緊跟著的是亞嵐與詹祐儒。

三人無視宿舍內其他人的眼光，一路跟著那個地縛靈衝到了五樓。

一衝到五樓，眼前正是大家傳說的那扇被鎖鍊緊緊鎖住的大門。然而此刻一切就跟林冠修說的一樣，那扇應該緊閉的大門，此刻正敞開著，就好像不曾被人用鎖鍊鎖住過一樣。

3

望著大開的大門，曉潔沉吟了一會之後，淡淡地說：「我得進去看看。」

此話一出，亞嵐與詹祐儒兩人一起看著曉潔，臉上都浮現出對曉潔的決定不太贊同的臉色。

「如果小心一點，」曉潔對兩人說：「應該不會有危險。我們剛剛已經斷了它跟那個學長的連結，短時間之內，它不會再找替身，至少現在的它沒有那麼大的力量，可是……」

「可是什麼？」

「我覺得裡面不太對勁，這不像是一個地縛靈會做的事情。」曉潔皺著眉頭說：「我不覺得它有那麼大的力量，所以我覺得裡面應該有些我不知道的東西才對，我想進去看看，到底是怎麼一回事。」

「那我也要進去。」亞嵐立刻表明意願。

「啊？」

「妳剛剛自己不是說不危險？」亞嵐說：「這件事情也算是我們兩個一起經歷的，我不能讓妳一個人進去。」

曉潔原本想要勸阻亞嵐，不過想到了試膽大會時候的情況，亞嵐的確有些時候很有幫助，因此打消了勸阻亞嵐的念頭。

「如果妳要跟我進來，」曉潔說：「一定要照我說的做，知道嗎？」

亞嵐點了點頭。

「你呢？」亞嵐轉向詹祐儒問：「你要一起進來嗎？」

「不，」詹祐儒毫不猶豫地用力搖著頭說：「總得要有人守在門外，確保一切都OK，我願意擔任這個重責大任，妳們放心的去，我會幫妳們守住大門。」

曉潔原本就不希望詹祐儒進去，畢竟雖然說只要小心就沒有危險，但是詹祐儒隨時都有可能砸鍋，讓事情有很多變數，因此他答應守門口，對曉潔來說是再好不過的事情了。

曉潔伸手到袋子裡面，翻了一會之後，拿出了幾片葉子給亞嵐。

「這是柚葉……」

曉潔話還沒說完，亞嵐就有點興奮地說：「我知道，這是拿來擦眼睛，用來開鬼眼的，電影有演！」

「妳真的什麼都知道，」曉潔笑著說：「我看妳光是看電影就差不多可以當道士了。不過柚葉沒有泡過水，所以擦眼效果不好，加上我們進去，可能需要看的地方很多。所以用含的會比較有效，等等進去之前含在舌下，含著就可以了。」

曉潔交代之後，又拿出了一個摺成四方形的符籙，將它交給了亞嵐。

「這是保險用的護身符，」曉潔說：「等等將它握在右手，一定要握好，不要鬆掉，無論如何都不要鬆掉。」

將兩樣東西都交給亞嵐之後，曉潔自己也同樣口含柚葉、手拿符籙，兩人互看一眼之後，互相點了點頭，接著便走入敞開的大門之中。

五樓的宿舍是一片昏暗，從身後大門透射進來的光線，將兩人的身影拉得很長，倒映在走廊上宛如兩個巨大的魔物般，步入深不見底的走廊。

走廊的右側是一間又一間的宿舍，想當年還沒有封印之前，這裡也曾經住滿了學生，就跟樓下一樣。

走了幾步之後，曉潔打開手電筒，亞嵐緊緊跟在曉潔後面，每到一個門口，曉潔就會將手電筒照向房間裡面，看看裡面的情況。

每照一次，都會讓亞嵐感覺到心跳漏了幾拍，在搖曳的光線底下，總覺得有些什麼恐怖的東西隱身在黑暗之中，等到光線打在它們恐怖的身影上，便會突然撲過來對她們發動襲擊。

但是一連照了幾間，都沒有發生亞嵐心中所想像的恐怖景象。

就在這個時候，曉潔手上的手電筒光線突然開始閃了起來，看起來就好像接觸不良或者電力不足造成電力不穩的情況。

曉潔晃了一下手上的手電筒，不晃還好，一晃之下，竟然整個熄滅了。

四周頓時陷入一片黑暗，不是昏暗，而是一片伸手不見五指的黑暗。

一開始亞嵐還沒會意過來，以為就只是手電筒故障，但是立刻想到不對。

就算手電筒的燈光熄滅了，身後不是應該還有一點光線嗎？敞開的大門不是應該會有光線射進來才對嗎？

想到這裡，亞嵐猛一回頭，身後也是一片漆黑，根本看不見走廊與那扇敞開的大門。

恐懼感瞬間爬滿亞嵐全身，即便平常看恐怖片也不會有絲毫害怕的亞嵐，此刻卻感覺到無比的恐懼。

亞嵐二話不說，立刻伸手向前想要抓住曉潔，哪怕只是衣服或者是手臂，都可以讓亞嵐稍微安心那麼一點。

但是手一伸出去，卻什麼都沒有摸到，讓亞嵐原本的恐懼頓時轉變成恐慌。

亞嵐伸出雙手亂揮，在黑暗中搜尋著曉潔的身影，隨著恐懼感不段攀升的同時，亞嵐感覺自己就快要撐不住了，很可能要叫出聲的時候，突然感覺到嘴巴被人摀住，身體也被人從後面抱住，在亞嵐還沒來得及將自己心中無限的恐懼化為尖叫聲從喉頭發出之前，一個熟悉的聲音在自己耳邊響起。

「別叫，」曉潔的聲音彷彿一顆定心丸般，灌入亞嵐的身體：「不要出聲我們就不會有危險，不要被妳眼前的景象給嚇到。」

雖然含在舌下的柚葉讓說話變得有點不便，但還不至於到口齒不清、聽不清楚，而為了不讓柚葉掉出來，說起話來自然會比較小心，也因此比較不會有太大聲或太激動的情況發生。

不過曉潔還是刻意將聲音壓得很低，幾乎就快要只剩下氣音。

然而聽到曉潔說的話，卻讓亞嵐感覺到奇怪。

因為此刻自己眼前只有一片黑暗，什麼景象都沒有看到。

就在亞嵐這麼想的時候，眼前的一片黑暗有了變化，一雙雙的白色眼睛，在空無一物的黑暗之中，一雙接著一雙張開。

真的就好像林冠修說的一樣，一整片的白色眼睛，就這樣佈滿在黑暗的空間之中。

亞嵐完全不敢動彈，深怕自己有任何動作或者任何聲音都會驚動到這些白色眼睛。

眼前這景象不只有亞嵐感到驚訝與恐懼，就連曉潔也完全沒有料想到會是這樣的情景。

如果每一雙白色眼睛都代表一個地縛靈的話，這數量也太驚人了。

為什麼這裡的宿舍會有那麼多地縛靈？

這裡過去到底發生過什麼事情？

看到這為數驚人的地縛靈，讓曉潔想到了當年高二的情況。

這個世界充滿了各種不同的靈體，但是人並沒有那麼容易跟它們交會，主要就是因為活著的人身上擁有陽氣。

這股陽氣其實簡單來說，就好像人的防護罩一樣，可以防止人與靈體之間的交會。

但是這個防護罩會因為各種原因增強或減弱，當年她們高二的時候，被捲入一場巨大陰謀，教室後方被佈下了滅陣，才會幾乎消滅了她們的防護罩，讓她們輕易就被鬼魂纏身。

這也正是她們班為什麼會遇到那麼多靈異事件的原因。

如果當年是因為滅陣的關係，才讓她們遇到那麼多鬼魂，那麼，眼前這麼多的地縛靈又是怎麼回事？難道說又有什麼陰謀與紛爭嗎？

這些幾乎可以成為一支軍隊的鬼魂，到底是怎麼回事？

看著這些白色眼睛，曉潔突然想起了一件事情。

她想到了阿吉曾經說過，自己一次面對了四十九個地縛靈。

記得那時候阿吉說他剛考過駕照，滿十八歲……自己現在剛好也是滿十八歲，這裡又是阿吉曾經就讀過的學校……

一定是這裡！

這裡就是阿吉對付四十九個地縛靈的地方！

「幫我一個忙……」曉潔在亞嵐耳邊說：「這些眼睛分布在我們的前面跟後面，妳幫我算一下，前面有幾雙眼睛。」

為了證明自己的想法對不對，曉潔需要知道在場到底有多少眼睛。

交代完之後，曉潔放開了亞嵐，緩緩地轉過身去，開始算起後面的眼睛數量。

……二十一。

後面一共有二十一雙白色眼睛。

「二十五。」亞嵐算完之後對曉潔說。

後面二十一……前面二十五，加起來總共是四十六。

以數字來說相當接近，看來當年阿吉對抗四十九個地縛靈的地方應該就是這裡。

但是為什麼只剩下四十六個？還有三個到哪裡去了？

就在曉潔這麼想的時候，眼前的這些白色眼睛，突然開始有點晃動了起來，似乎有點蠢蠢欲動的模樣。

「妳的符呢？」曉潔問亞嵐。

「在手上。」亞嵐說：「我緊緊握著。」

曉潔不懂，既然兩人手上都握有護身符，這些地縛靈應該不會這樣蠢動才對，不過曉潔完全不打算留在這裡搞清楚。

「握住我的手。」

黑暗中，曉潔伸出左手握住站在後方的亞嵐左手，一握到亞嵐的手，曉潔立刻知道問題出在哪裡了。

亞嵐的手上全部都是汗水，既然左手是這樣，右手肯定也是這樣。

這完全出乎曉潔的料想之外，缺乏實務經驗的她，沒有把這些變數計算進來，手汗很可能會讓咒文糊掉，導致護身符失效，讓兩人身處於危險之中。

「把柚葉吐掉，跟著我，我們先出去再說。」

曉潔牽著亞嵐，一步步朝著後方退去，雖然說後面也有地縛靈包圍著兩人，但是只要護身符還有點效用，料想兩人應該不會有危險。

不過此時此刻，就連曉潔也不知道護身符到底什麼時候會失效。

唯一能做的就是盡可能快點出去了。

兩人一前一後緊握住彼此的手，就這樣一步接著一步，一路向後退。

也不知道退了多少步，突然雙眼一亮，眼前頓時不再是一片黑暗，兩人已經踏出了五樓門口。

在明亮的光線底下，曉潔與亞嵐互相看了一眼，此刻的兩人額頭上都冒出了汗水，不過臉上都有著逃出生天的喜悅。

就在兩人還為了可以順利出來而鬆一口氣的時候，身後突然傳來一陣怒斥。

「你們幾個在這裡幹什麼！」

曉潔、亞嵐與詹祐儒一起轉頭，臉上頓時都失去了血色，浮現在三人表情上的，都是一臉糟糕了的模樣。

因為斥喝三人的不是別人，正是學校的教官。

4

「你們竟然……」教官瞪大雙眼，一臉難以置信地指著門鎖說：「把門鎖……」

在場的所有人這時都知道事情不妙了。

「沒有，真的沒有！」

「聽我說！這門鎖不是我們破壞的！」

「對，我們來的時候這門鎖就已經是這樣了。」

亞嵐與詹祐儒七嘴八舌地辯解著，但是教官卻完全充耳不聞的模樣，雙眼只是盯著那扇大開的門與門後那黑漆漆的走廊。

「你們這群死大學生，」教官咬牙切齒地罵道：「不管我怎麼鎖，你們總是有辦法把鎖弄開，就算加了鎖鍊，你們也照樣可以把它剪斷。都已經讀到大學了，為什麼你們的大腦總是用在錯誤的地方，一定要出人命你們才甘心嗎？」

雖然眾人想要繼續辯解，但是看到教官那憤怒的神情，所有人的話都吞回肚子裡面，只能低著頭，一臉在反省的模樣。

「你們不識字嗎？」教官指著垂在一旁的板子說：「上面跟你們說禁止進入，違者記過處分，你們都當是假的嗎？我受夠了，這次我一定要讓你們都被記過甚至是退學。這樣亂搞會出人命的，你們懂不懂啊！」

教官氣憤地罵著三人，從口袋拿出紙筆，正準備要登記三人的姓名與學號時，原本沉默的曉潔突然開口。

「教官。」曉潔叫道。

教官抬起了頭，看著曉潔，其他人也紛紛轉向曉潔。

曉潔伸出左手，放到自己嘴邊，然後用力一咬。

這些日子以來，曉潔還是不知道該怎麼像阿吉那樣咬自己的手指，讓自己可以傷皮不傷肉，因此現在的她，只有這個辦法，咬自己肉比較多的地方，讓自己流出一點血來。

教官瞪大雙眼，看著眼前這個女學生突然二話不說咬著自己，甚至咬出了點血。

「妳……」

教官指著曉潔，正準備叫曉潔住手的時候，曉潔用右手食指抹了點血，然後攤開左手手掌，在手掌上畫了畫之後，看著教官說：「教官，你確定……門是開著的嗎？」

「啊？」教官沉著臉指著曉潔說：「妳現在是想要睜眼說瞎話嗎？」

此時不只教官，就連其他人也不知道曉潔在說什麼，看著被惹惱的教官，所有人都為曉潔捏一把冷汗。

「沒有，」曉潔誠懇地說：「只是希望教官你看清楚，別眨眼，告訴我，門是開的嗎？」

曉潔說完之後，突然用染血的左手重重地朝地板拍去，啪的一聲，沒有任何其他的動作。

不過就是這樣一轉眼的瞬間，眼前原本應該大開的門，卻完全不一樣了。

門，完完全全是關著的，而那上面的鎖鍊，也跟門一樣完好無缺地圍繞著，甚至連鎖鍊上的鎖，也牢牢地鎖著，就彷彿這扇門真的不曾打開過一樣。

在場所有人都看傻了眼，先是死命地瞪著門，然後再低下頭，死命地瞪著手拍地板的曉潔。

曉潔蹲在地上，看到了大家的反應，然後緩緩地轉過頭，看了看門。

曉潔的臉上，也露出了驚訝無比的表情。

「真的……真的成功了？」曉潔喃喃地說。

喜悅在那麼短暫的一瞬間躍上了曉潔的臉龐，畢竟這完全是她照著口訣做的，根本不確定這樣會不會成功。

想不到真的成功了。

不過成功的喜悅只有短暫的停留在曉潔臉上，曉潔立刻收拾起喜悅的表情，站起身來對著教官。

「這扇門，」曉潔說：「不是一般人說開就開，說關就能關的。現在門是暫時關上了，不過它不會永遠關著，不管你上多少鎖、纏多少鍊也一樣。教官，我們之所以會上來這邊，是因為已經有個學生被裡面的東西纏住了。門不是我們開的，拜託你相信我們。從你剛剛說的話，我相信你肯定知道裡面有什麼，也知道過去發生過什麼事情。我知道裡面應該有四十九個地縛靈，但是我們剛剛算過，只剩下四十六個，有三個不見了。就算你把我們都記過，那三個也不會回來，如果我們放著那三個不管，肯定會惹出更大的事情。」

聽到曉潔這麼說，教官臉上原本嚴肅的表情，這時也逐漸緩和了下來。

「可不可以，」曉潔向前踏一步，誠懇地說：「請你把過去的事情告訴我們，這裡到底發生什麼事情了？或許，我還有點辦法可以把那三個鬼魂找回來，拜託你了！」

曉潔用力一鞠躬，誠懇地求著教官。

曉潔這麼做，不單單只是為了林冠修或者其他人的性命。

因為如果真的這裡有四十九個鬼魂，那麼就代表著這裡很可能就是阿吉當年口中的第一次，一次面對四十九個地縛靈。

阿吉的第一次應該就是在這裡，可是她也只知道這樣，剩下的部分，阿吉已經沒機會告訴她了。

如今，只剩下眼前這個教官或許會知道些什麼。

看到曉潔低頭求教官，詹祐儒與亞嵐也都低下了頭，幫曉潔一起求教官。

教官看著三人，又看了看那扇封閉的門，沉吟了一會之後，緩緩地說：「……你們跟我來吧。」

5

「你們知道嗎？」教官對著眼前的三人說：「其實我早就可以退休了，早就可以離開這個鬼地方了。」

此時的教官室只剩下眼前的這個教官與曉潔等人。

教官停頓了一下，沉吟了一會之後，看著曉潔。

「妳讓我想起了那個學生，」教官苦笑著說：「十幾年前的事情了吧，他突然跑到我面前，瞪大了眼睛跟我說，宿舍有鬼，你知道嗎？」

聽到教官這麼說，詹祐儒與亞嵐一起轉頭看著曉潔。

「你們應該聽過，」教官問：「關於我們學校裡面鬧鬼的事情吧？」

三人點了點頭。

「事實就擺在眼前，」教官說：「十幾年前，我來到這間學校服務，來之前，我不相信妖魔鬼怪，就算真的見過任何詭異的情況，我是個軍人，我相信我的國徽跟正氣，可以抗衡任何恐怖，但是我只來兩個月就徹底改觀了。我不知道你們能不能想像，那就好像人生被打開了一扇門，一扇你永遠回不去的門，然後，你永遠只能懷念還沒有踏過這扇門之前的日子。」

曉潔用認真到不行的表情用力地點了點頭。

「如果有人跟我說，」教官接著說：「他不相信任何科學無法解釋的東西，我會跟他說，來C大當教官一年，保證你會改變你的想法。」

「所以幾乎所有教職員都知道嗎？」亞嵐問。

「哼，」教官冷冷地笑了一聲說：「如果不是我親眼所見，我也不會相信。如果我不是為了處理你們學生的問題，我也不可能親眼所見。其實說穿了，就是該死的官僚跟那些什麼科學的現代化，根本不可能有人會把這一切當真。」

對於教官所說的話，三人都能夠理解，畢竟即便是曉潔，當年也是在經歷過一些事情之後，才會變成現在這樣。其他兩人也是在經歷了試膽大會的事件之後，才開啟了人生的另外一扇門。

「但是這些事情，」教官接著說：「不會因為你不相信就不存在，這間大學三不五時就有新的鬼故事誕生，宿舍、電梯、廁所、湖……任何你說得出來的地方，我都可以告訴你一些真實發生的鬼故事。十幾年前就已經是這樣了，而且一年比一年還要嚴重，有幾次甚至鬧到連校方都知道了。不過人類真的是非常不可思議的動物，就算你知道不對勁，還是會粉飾太平，甚至會捏造假記憶，然後把一切都拋諸腦後。十幾年前，在鬧鬼鬧最凶的時候，幾乎每年都會一直重複發生相同的事情，一次又一次。就好比廁所來說好了，總會有人見到空廁所卻有人借衛生紙的事情，真的每年都有。」

「為什麼你不說呢？」亞嵐不解地說：「禁止大家去那間廁所啊。」

「沒用，」教官苦笑搖著頭說：「這裡是大學，你以為是軍隊嗎？後山湖附近鬧鬼很凶，發生過很多事情，誰不知道啊？但還是有一堆人喜歡到那邊去啊。不知死活嘛！」

教官口中的後山湖，正是曉潔等人在迎新晚會的時候，詹祐儒規劃特別路線的地方，因此聽到教官這麼說，曉潔一臉認同到不行的表情，並且白了身旁的詹祐儒一眼。

「十幾年前，鬧最凶的那年，」教官將話題轉回來：「我還記得嚴重到幾乎整棟宿舍的學生都得到外面去另外找地方住。學校也破例舉行了好幾次法事，但是不管辦幾次法事，都只能維持幾天的和平，然後又開始鬧起來。就是在這個時候，一個學生跑來跟我說『宿舍有鬼，你知道嗎？』」

雖然此時眾人已經離開宿舍有一段距離，但是突然聽到這句話，還是讓詹祐儒抖了一下。

「一開始我當然沒有承認，」教官說：「但是那時宿舍鬧鬼鬧得正凶，幾乎一半以上的同學都搬出去，不敢回去宿舍，所以就算我想否認，也很難瞞得過他。我不得不說，一開始我還有點瞧不起他，他說他有辦法可以解決，我也當場跟他說，你不要亂，這不是鬧著玩的。」

教官說到這裡，望向了曉潔。

「不過那小子還真的有兩下子，」教官看著曉潔說：「他就跟妳剛剛在門口變的戲法一樣，口中還唸唸有詞，好像很有這麼一回事的感覺。當年學校已經想盡辦法要息事寧人，可是一直都沒有成功，反正死馬當活馬醫，就讓他試試看吧。當時我是這麼想啦，只是沒想到……那小子挑了一個黃曆上面記載的大凶之日，一個人跑去已經空無一人，鬧鬼鬧最凶的那一樓。沒錯，就是你們幾個剛剛所在的五樓。」

教官說到這裡停頓了一下，然後苦笑揮了揮手繼續說。

「當然他有開出一個條件，就是如果他可以成功解決這件事情，我要答應讓他免費住宿四年。就我個人而言，如果他真的能處理好，不要說別的，就算要我自掏腰包幫他付四年的學費我都肯，所以我就答應了他的要求。那天晚上，整棟宿舍只剩下我跟他兩個人，我們一路來到五樓，就是剛剛那扇門前，他走了進去，我就守在門外。那是我這輩子度過最漫長的一夜，而且那不是一個寂靜的夜，裡面不時傳來各種恐怖的聲音，打鬥聲、哀號聲、還有桌椅拖過地板的那種刺耳聲音。他要我絕對不能進去，而且絕對不能偷看。」教官臉上浮現苦笑：「就算你求我看，我也不想看。」

聽到教官這麼說，曉潔腦海裡面浮現出一年多前，自己獨自一人站在J女高的體育館外，等待著被祖師爺降臨附身的阿吉。那一晚，也是曉潔度過最漫長的一晚。

「相信我，我有過這樣的經驗。」曉潔誠懇地說。

教官欣慰地抿著嘴點了點頭說：「一直到天亮，那學生走了出來，跟我說從今天起，這扇門將永遠封閉，只要這扇門關閉一天，宿舍就有一天安穩的日子。」

「你還記得那個學生叫什麼名字嗎？」曉潔問。

「記得，」教官點了點頭說：「他叫做洪旻吉，大家都叫他『阿吉』。喜歡染一頭金髮，你要知道十幾年前染一頭金髮的人並不多。我對他印象非常深刻。」

雖然早就已經猜到了，但是聽到教官這麼說，還是讓曉潔整個人身體震了一下，眼眶也瞬間被淚水淹沒。

「那麼，」曉潔看著天花板，努力不讓蓄積的淚水滑落，但是聲音已經有點哽咽：「那個……阿吉，他進去五樓的時候，有沒有帶什麼東西進去？」

聽到曉潔這麼問，教官猛然一抬頭，看著曉潔的臉，就好像曉潔問了一個很恐怖的問題。

「詭異的地方就是，」教官吞了口口水之後說：「他進去的時候，什麼都沒有，但是當他出來的時候，他手上拿著一個戲偶。」

「一個戲偶？」曉潔瞪大雙眼說：「是鍾馗戲偶嗎？」

教官點了點頭，然後緩緩地說：「對，看起來就好像是鍾馗的一個戲偶，只是……那個戲偶，全身上下都是血，是個血染的鍾馗戲偶。」

6

血染的鍾馗戲偶。

當鍾馗派道士墮入魔道的時候，他們所用的戲偶，就是血染的鍾馗戲偶。

當年在高二所發生的那次事件，就是最恐怖的一次例子。

只有墮入魔道的人，才會有血染的鍾馗。

為什麼阿吉手上會有染血的鍾馗？難道說阿吉墮入過魔道？

不可能……吧？

現在的曉潔非常清楚入魔道的情況，所以稍微推測一下，就知道應該不是這樣。

畢竟口訣所說的「一入魔道終無悔」，所謂的無悔，不是不後悔，而是不能後悔。

一旦墮入魔道，就永遠不可能再用過去的方式去降妖伏魔，一切都得用魔道。

換句話說，如果當年阿吉真的是墮入魔道的話，在那之後就不可能拿著刀疤鍾馗降妖伏魔。

那麼如果不是阿吉墮入魔道，為什麼會手持血染的鍾馗戲偶？

答案似乎越來越明顯，可是曉潔的心情卻越來越沉重。

如果教官說的是真的，阿吉當年進去的時候真的什麼都沒有，但是出來的時候，卻是手持一個血染的鍾馗，那麼答案就只有一個。

那就是——那四十九個地縛靈，跟血染的鍾馗有關，換句話說，就是又有道士誤入歧途。

走出教官室，天空剛破曉，但是曉潔卻覺得遠處的天空，好像有著一團烏黑的雲遮住了陽光，也彷彿遮蔽了自己眼前的道路。

對付地縛靈或許曉潔還做得到，但是如果要對付墮入魔道，也就是所謂的人逆靈，恐怕就不是曉潔可以對付得了的了。

在鍾馗派的道士幾乎全數滅亡的今天，或許……已經沒有人可以對付得了了。

看著曉潔沉重的臉，一旁的亞嵐擔心地問道：「怎麼啦？」

「如果教官說的是真的，那麼情況可能很糟糕。」

「怎麼說？」

曉潔搖搖頭沒有回答這個問題，畢竟這不是三言兩語就能解釋清楚的東西。

「不過，至少我們救了那個學長一命，不是嗎？」亞嵐安慰道。

「是，」曉潔點了點頭，但是臉上的表情卻非常沉重：「不過我相信……這只是一個開端而已。」

看著遠方的天空，曉潔沉著臉淡淡地這麼說。

作者 龍雲
封面繪圖 B.c.N.y.
總編輯 莊宜勳
主編 鍾靈
責任編輯 黃郁潔
美術設計 三石設計

出版者 春天出版國際文化有限公司
地址 台北市信義區信義路四段458號3樓
電話 02-7718-0898
傳真 02-7718-2388
E-mail story@bookspring.com.tw
網址 http://www.bookspring.com.tw
部落格 http://blog.pixnet.net/bookspring
郵政帳號 19705538
戶名 春天出版國際文化有限公司
法律顧問 蕭顯忠律師事務所
出版日期 二〇一六年一月初版
定價 170元

總經銷 楨德圖書事業有限公司
地址 新北市新店區寶興路45巷6弄6號5樓
電話 02-8919-3186
傳真 02-8914-5524

龍雲作品 07

少女天師

國家圖書館出版品預行編目資料

少女天師／龍雲 著. ─ 初版. ─ 臺北市：
春天出版國際，2016. 01
面； 公分. ─（龍雲作品；07）
ISBN 978-986-5607-08-1（平裝）
857.7 104027552

ISBN 978-986-5607-08-1
Printed in Taiwan